풍덩!

일러두기

- 외국 인명과 지명, 고유명사 등의 표기는 국립국어원의 외래어 표기법을 따랐습니다.
  단, 일부 인명의 경우 국내에 익숙한 명칭을 따랐습니다.
- 인명의 원어 표기는 최초 1회에 한하여 병기했습니다.
- 각 그림의 정보는 '화가명, 그림명, 제작연도' 순으로 기재하였고,
  '제작방법, 실물 크기(세로x가로cm), 소장처'는 도판 목록에 기재하였습니다.
- 그림 및 시의 제목 등은 「」로, 도서명은 『』로 표시했습니다.

풍덩!

우지현 그림 에세이

POONG DEONG

위즈덤하우스

완전한 휴식 속으로

모두가 지쳐 있다. 더 이상 지칠 수 없을 만큼. 우리는 숨 가쁘게 살아가는 중이다. 연일 빼곡한 일정을 소화하며 과중한 업무에 시달리고, 주어진 목표를 완수하고자 불철주야 노력을 아끼지 않는다. 언제나 할 일 목록은 산더미처럼 쌓여 있고, 모든 일을 끝마치면 새로운 일이 기다리고 있다. 치열한 경쟁 속에서 뒤처지지 않기 위해 발버둥 치고, 어떻게든 성과를 내기 위해 고군분투한다. 때로는 더 열심히 하지 못하는 스스로를 비난하며 바쁘게 사는 나 자신에게 중독되어간다.

우리는 쉬면서도 쉬지 못한다. 식사를 하면서도 메일을 확인하고, 잠깐 짬을 내어 산책하면서도 업무에 관해 생각한다. 퇴근 후에도 메신저의 알람은 그칠 줄을 모르고, 전화벨은 쉴 틈 없이 울린다. 전쟁 같은 하루를 마치고 겨우 한숨 돌리는 순간에도 머릿속은 내일 해야 할 일들로 가득하다. 여행지에서도 와이파이를 찾으며 늘 온라인에 접속 상태여야 하고, 휴가를 가서도 마음 한편은 은은한 죄책감에 휩싸여 있다. 긴장이 일상화된 나머지, 나도 모르는 사이에 꽉 쥐고 있던 주먹에서 힘을 뺄 수가 없다. 과연 어떻게 쉬어야 하는 것일까.

나에게 그 답은 항상 물이었던 것 같다. 나는 물에 기대 쉬었다. 휴식이 필요할 때면 자연스레 물이 있는 곳을 찾았다. 넓고 탁 트인 강과 마주하면 답답한 가슴이 뻥 뚫리는 듯했고, 해변에 앉아 파도 소리에 귀를 기울이다 보면 모든 걱정이 바다로 흘러가는 것 같았다. 쏟아지는 폭포수는 쌓인 스트레스를 말끔히 씻어주었고, 뜨끈한 온천에 몸을 담그면 묵은 피로가 스르륵 녹아내렸다. 또 고즈넉한 호숫가에서 잔물결을 바라보고 있으면 아무 생각이 없어지면서 마음이 한없이 평온해졌다.

물을 이야기할 때면, 수영도 빠뜨릴 수 없다. 수영은 단지 운동이나 스포츠가 아니다. 그것은 충분한 휴식을 선사하는 행위이다. 푸른 바다에서 헤엄치면 끝없는 자유를 만끽할 수 있고, 차가운 시냇물에서 물장구치면 무더위가 단번에 날아간다. 깨끗한 인피니티 풀에서 유영하면 깊은 안식을 얻을 수 있고, 늦은 저녁의 한적한 수영장에서 수영하면 여유롭게 하루를 마무리하게 된다. 평소에 수영을 하지 않는 사람도 휴가철이면 바다나 계곡으로 떠나 수영을 즐기듯, 휴식을 취하는 방법으로 수영은 안성맞춤이다.

인류는 오래전부터 수영을 했다. 생활 수단, 군사훈련, 건강 증진 등 다양한 이유로 수영을 했으나 수영의 본질은 휴식이었다. 인간은 물에서 피로를 풀고 마음의 여유를 찾았다. 수영하며 삶의 즐거움을 찾았고 활기를 얻었다. 이러한 사실은 그림에서도 확인된다. 아랍어로 '그림의 계곡'이라는 뜻의 와디 수라 동굴에는 수영에 관한 최초의 기록이 있다. 약 만 년 전인 선사시대에 그려졌으리라 추정되는 이 동굴벽화에는 팔다리를 힘차게 휘저으며 수영하는 사람의 모습이 남아 있다.

크롤 영법을 형상화한 이집트 상형문자에서 알 수 있듯이, 고대 사람들도 수영을 즐겼다. 수영은 만인에게 허락된 오락이자 지친 몸을 달래주는 여가였다. 훗날 루카스 크라나흐Lucas Cranach가 「젊음의 샘」에서 묘사하기도 했듯이, 고대 그리스 사람들은 천연 샘물이 가득한 스파에서 수영하면 초자연적인 치유가 이루어진다고 믿었다. 이탈리아 파에스툼에 있는 고대 무덤에서도 수영에 관한 그림이 발견되었다. 이는 기원전 5세기 다이빙 선수의 고분벽화로, 나신의 남자가 다이빙대에서 물속으로 뛰어드는 모습을 실감 나게 표현하고 있다.

중세시대에 수영은 보편적인 활동이 되었다. 15세기에 제작된 『베리 공작의 호화로운 기도서』 중 '8월'에는 수영하는 농민들을 그린 삽화가 실려 있고, 젠틸레 벨리니Gentile Bellini의 「산로렌조 다리 근처에서 일어난 진실한 십자가의 전설」에는 운하에 떨어진 유물을 찾기 위해 바다에서 수영하는 수도사들의 모습이 담겨 있다. 또한 에버라드 딕비Everard Digby가 16세기에 저술한 『수영의 기술』에는 수영에 관한 목판화가 가득하다. 이 책에서 그는 그림으로 수영 기술을 설명하고 있는데, 이를 통해 이미 이때부터 대중들이 수영을 배우고 익혔다는 사실을 확인할 수 있다.

17세기 중반, 유럽 전역에 걸쳐 그랜드 투어가 성행했다. 수영이 본격적으로 권장되기 시작한 것은 이때부터다. 많은 사람들이 배를 타고 해외에 가기 시작했고 해변이 방문할 만한 곳으로 인식되면서 바다와 수영에 대한 시각이 긍정적으로 바뀌었다. 당시의 화가 클로드 로랭Claude Lorrain과 클로드 조제프 베르네Claude-Joseph Vernet는 바닷물에 몸을 담근 채 평화로운 시간을 보내고 있는 사람들을 캔버스에 묘사했고, 뒤이어 활동한 안토니오 졸

루카스 크라나흐, 「젊음의 샘」, 1546년

리Antonio Joli는 그 시대 수영장의 건축 양식을 「건축학적 판타지」로 기록하기도 했다.

한편, 18세기 말의 미국에서 독특한 수영 문화가 나타났다. 남성 노동자들은 물가에서 거칠게 몸을 부딪치고 알몸으로 수영하며 교류했다. 그것은 놀이이자 사교 활동이었으나 청교도적인 미국 사회에 대항하는 반항과 혁명의 성격도 있었다. 이러한 문화는 19세기까지 이어졌는데, 토머스 에이킨스Thomas Eakins의 1885년 작 「수영」에서 잘 드러난다. 그는 미국 필라델피아에 있는 도브 호수에서 남성 노동자들과 소년들이 함께 어울려 수영하는 모습을 화폭에 담았다.

반면 이 시기의 미국 중산층 백인들은 배타적인 사설 수영 클럽을 만들었다. 그들은 여성과 타 인종의 출입을 금지한 시립수영장에서 소수만의 여가 생활을 즐겼고, 인종 분리 정책이 철폐되어 수영장을 독차지할 수 없게 되자 수영장을 공유하는 대신 사유화했다. 따라서 이때부터 집 뒷마당에 가정용 수영장이 기하급수적으로 늘어났는데 데이비드 호크니David Hockney가 1960년대 로스앤젤레스에 머물 당시 그린 수영장 시리즈도 이 시대의 흔적이라고 할 수 있다.

20세기에 수영장은 대중의 휴식처로 자리 잡았다. 관광산업이 발달하며 해안가 리조트에 잇따라 수영장이 건설되었고, 「수트로배스의 내부」가 보여주듯 대형 실내 수영장이 일반인들에게 개방되며 수영장은 최고의 쉼터로 거듭났다. 샤워실과 탈의실이 갖춰지면서 수영장은 점점 현대화되었고, 카페와 레스토랑을 포함한 편의 시설까지 더해지며 완벽한 휴가지로 탈바꿈했다. 또 인공 파도, 워터 슬라이드, 노천 스파 등으로 구성

젠틸레 벨리니, 「산로렌소 다리 근처에서 일어난 진실한 십자가의 전설」, 1500년경

된 워터 파크가 생기면서 수영장은 언제든지 놀고 쉬고 즐길 수 있는 휴식 공간이 되었다.

인류는 언제나 수영을 했다. 역사에 따라 그 모습은 달라졌지만 물을 가르며 헤엄치는 일을 멈춘 적은 없다. 고된 노동에 시달린 후에도 수영을 하며 온갖 고통과 시름에서 벗어났고 물속에 머무르며 긴장과 피로를 해소했다. 또, 방전된 에너지를 회복하며 재충전의 시간을 가졌다. 수영은 육체적으로나 정서적으로나 즐거움을 주었고, 각박한 생활에 여유를 주며 생을 발전적으로 이끌었다. 수영을 함으로써 인간은 앞으로 나아갈 수 있었다.

수영은 우리에게 많은 것을 준다. 피로 회복, 체력 단련, 생명 보호 같은 신체적 이익을 가져다주는 것을 넘어 몰입, 성취, 보람, 만족, 균형, 활기 등 심리적, 정신적 기쁨까지 선사한다. 이는 수영뿐만 아니라 휴식도 마찬가지다. 휴식은 휴식으로만 그치지 않는다. 경계와 장벽을 허물고, 나의 세계를 확장한다. 마음을 풍요롭게 하고, 일상을 변화시킨다. 더 나은 사람이 되고 싶게 만들고, 좋은 삶을 살게끔 이끈다.

이 책은 수영과 휴식을 넘나든다. 수영 그림으로 채워져 있지만 수영만을 논하지 않는다. 휴식에 관해 말하지만 휴식만을 전하지는 않는다. 누군가에게는 화가들의 이야기가 담긴 미술책일 수 있고, 누군가에게는 수영과 휴식에 대한 산문집일 수 있으며, 또 누군가에게는 그림을 감상하는 화집일 수도 있을 것이다. 책의 성격을 결정짓는 것은 결국 독자들의 몫이다. 어떤 종류의 책으로 다가가든 책을 보며 잠시라도 쉴 수 있다면, 책을 덮고 각자의 휴식을 즐기게 된다면, 나로서는 더없이 기쁠 것 같다.

책에는 100여 점의 그림을 담았다. 과거부터 현대까지 그려진 다채로운

안토니오 졸리, 「건축학적 판타지」, 1745년경

수영 그림들이 가득하다. 이토록 아름다운 그림들을 실을 수 있었던 것은 세계 유수의 미술관과 갤러리, 그리고 화가들 덕분이다. 책을 집필하는 내내 큰 도움을 준 영국의 테이트갤러리와 데이비드 호크니 주식회사, 오랫동안 연락을 주고받으며 앨릭스 콜빌Alex Colville의 그림을 수록할 수 있게 애써준 캐나다의 앨릭스 콜빌 에이전트, 책에 대한 각별한 관심과 지지를 표명해준 대만의 아키갤러리, 소장 중인 마사 월터Martha Walter의 그림을 쓸 수 있도록 힘써준 미국의 보스갤러리 등 많은 분들의 노고와 정성을 이루 다 헤아릴 수 없다.

무엇보다도 이 책은 동시대 화가들로 인해 탄생할 수 있었다. 책을 위해 기꺼이 미완성 그림을 완성해준 위고 폰즈Hugo Pondz, 흔쾌히 그림 사용을 허락해준 판양쭝范揚宗, 그림 수록비를 비영리단체에 기부하며 좋은 뜻으로 그림을 전달해준 에밀리 리어몬트Emily Learmont, 수영하는 일상에 대해 진지하게 답해준 캐리 그래버Carrie Graber를 비롯한 모든 화가들에게 감사드린다. 또한 대체 불가능한 그림을 제공해준 데이비드 호크니, 앨릭스 콜빌, 앨릭스 카츠Alex Katz, 피터 도이그Peter Doig에게도 깊은 감사를 표한다.

보기만 해도 시원해지는 수영 그림들을 통해 마음껏 휴식하고, 나아가 더 많은 것을 얻기를 바란다.

자, 그럼 이제 빠져보자. 완전한 휴식 속으로, 풍덩!

작자 미상, 「수트로배스의 내부」, 1896년경

CONTENTS

| PART 02 | 수영하는 마음으로

위고 폰즈, 「비밀 비행」, 2020년

쉼표가 필요한 순간　　PART 01

휴식도 배워야 한다

우리는 살면서 정말 많은 것을 배웠다. 구구단도 배우고 관계대명사도 배웠다. 교통 규칙도 배우고 공중도덕도 배웠다. 그러나 휴식에 대해서는 제대로 배운 적이 없다. 성실하게 살아야 한다고는 배웠지만 살아가는 데 있어 쉬는 것이 필요하다는 건 누구도 알려주지 않았다. 열심히 일해야 한다는 것은 배웠지만 왜, 어떻게 쉬어야 하는지는 아무도 가르쳐주지 않았다.

배우지 못했으니 잘되지 않는 것이 당연하다. 휴식하는 법도 배워야 한다. 어렵더라도 자꾸 배워야 한다. 휴식은 배운 만큼 늘고, 배운 만큼 쉬어진다. 배운 만큼 편하고, 배운 만큼 가능하다. 휴식도 배워야 누릴 수 있다. 이제부터라도 배워가면 된다.

알베르 마르케, 「올론 모래사장 해변」, 1933년

삶을 의미 있게 만드는 것

현대인은 바쁘다. 바쁜 이유를 들자면 한도 끝도 없다. 그런데 그렇게 분주한 와중에 휴식을 취하는 사람들이 있다. 주말에는 가족들과 나들이하고, 퇴근 후에는 티타임을 즐기고, 짬짬이 여행을 가는 사람들이 존재한다. 그들이 결코 할 일이 없어서 쉬는 것이 아니다. 시간이 남아돌아서 쉬는 사람은 없다. 일부러 시간을 내고, 마음을 쓰고, 노력을 기울여 휴식을 갖는 것이다. 나는 그런 이들이야말로 아름답고 강한 존재라고 믿는다. 자신의 삶에 최선을 다하는 이들이니까. 자기 삶을 사랑하는 이들이니까. 글씨를 배우던 어린 시절, 엄마는 '휴식'이라는 단어에 대해 이렇게 알려주었다.

"삶을 의미 있게 만드는 소중한 거야."

라울 뒤가르디에, 「해변을 걷는 젊은 여성」, 1933년

힘들지만 힘들지 않은 하루

힘든 날일수록 나를 보살펴야 한다. 마음이 지칠수록 아름다운 노래를 들어야 하고, 고민이 많을수록 아침을 든든히 챙겨 먹어야 한다. 정신없이 바쁠수록 동네를 천천히 산책해야 하고, 컨디션이 안 좋을수록 창문을 활짝 열고 기지개를 켜야 한다. 힘든 일루성이라고 해서 그날 하루 전체가 고통으로 가득 차게 내버려두어서는 안 된다. 힘겨웠던 하루 중에 단 몇 분이라도 괜찮을 수 있다면, 그로 인해 그 하루는 다른 의미를 갖는다. 힘들었던 날이 아니라, 힘들지만 견딜 만했던 날로 정의될 수 있다.

존 레이버리, 「캐슬로스 자작 부인, 팜스프링스」, 1938년

완벽한 휴식은 없다

우리는 늘 완벽한 휴식을 꿈꾼다. 이 일이 끝나면 여행을 떠나리라 결심하고, 이번 연휴에는 여유를 즐기리라 다짐하며 완벽한 쉼을 머릿속에 그린다. 그러나 완독만을 목표로 하면 한 권의 책을 읽지 못하게 되는 것이 아니라 오히려 책 자체와 멀어지듯이, 완벽한 휴식을 계획하면 그것을 실천하지 않게 되는 것이 아니라 휴식 자체를 하지 못하게 된다. 휴식은 겨를이 있을 때마다 하는 것이다. 그때그때 틈틈이. 휴식을 위한 완전무결한 상황은 없다. 의심할 나위 없이 순수한 휴식은 세상 어디에도 존재하지 않는다. 멈출 수 있을 때 멈추고, 앉을 수 있을 때 앉고, 기댈 수 있을 때 기대는 것. 그것이 휴식을 취할 수 있는 유일한 방법이다. 휴식은 전제 조건을 필요로 하지 않는다. 지금 쉬면 될 뿐이다.

존 맥도널드 에이킨, 「수영장, 피튼윔」, 연도 미상

일상 속 작은 일탈

사는 게 지겨운 날이 있다. 유난히 발걸음이 무거운 날, 출근하자마자 퇴근하고 싶은 날, 괜스레 짜증이 솟구치는 날이 있다. 따분한 생활에 진력나고 권태로워 견딜 수 없는 날, 어제까지는 괜찮았는데 오늘은 나락으로 떨어지는 것 같은 날이 있다.

그런 날에는 일탈을 해보는 것이 도움이 된다. 삶을 버리고 도망치라는 것이 아니라, 익숙한 것에서 벗어나 잠시 일상을 탈출해보는 것이다. 이를테면 매일 가던 길이 아닌 평소에 가지 않았던 길로 가보는 일. 좋아하는 가수의 공연장을 찾아 목청껏 소리 지르는 일. 집이 아닌 펜션에서 하룻밤을 묵거나 인적 없는 개인 풀장에서 나체로 수영하는 일. 그렇게 작은 일탈을 즐기다가 일상으로 복귀하면 조금은 달라진 일상을 느낄 수 있다. 새로운 일상을 맞을 수 있다.

마리아 필로풀루, 「물속의 수영하는 사람」, 2009년

라파우 크노프, 「긴게르 부인」, 2018년

절망보다는 호캉스

휴식이 필요할 때면 나는 이따금 호텔로 향한다. 넓고 깨끗한 호텔 수영장에서 헤엄치다 보면 지쳤던 마음이 풀리면서 생기를 되찾기 때문이다.

삶은 고통의 연속이기에 힘든 일은 매번 생긴다. 그럴 때마다 쉬기 위해 먼 섬나라로 휴가를 떠날 수는 없는 노릇이다. 먼 곳으로 가지 않아도 되는, 손 뻗으면 닿을 만한 곳에 나만의 쉼터를 확보해야 한다. 그곳이 번화한 도심 속의 호텔이건, 파란 하늘이 보이는 아파트 베란다건, 신선한 바람이 부는 회사 옥상이건 어디든 좋다. 잠시 숨 돌릴 수 있는 곳이 하나쯤 있어야 절망하지 않고 다시 힘을 내어 살아갈 수 있다. 누구에게나 일상 속 바캉스 장소가 필요하다.

나만의 피서법

여름이면 꺼내 보는 그림이 있다. 대서양에 있는 숄스섬의 바닷가를 그린 차일드 하삼Childe Hassam의 그림이다. 숄스섬은 당대의 미국 예술가들이 즐겨 찾은 여름 휴양지로, 하삼은 그곳을 소재로 다수의 작품을 남겼다. 그의 그림을 보고 있으면 마치 그곳에서 휴가를 보내는 기분이 든다.

여름에는 시원한 바다 그림을 보는 것이 좋다. 폭염에 지친 날에는 푸른 바다 풍경이 담긴 그림을 바라보는 것만으로도 가슴이 탁 트이는 것 같다. 푹푹 찌는 한낮에는 해변에서 수영하는 모습을 그린 그림을 보면 뜨거운 여름을 잠시 잊게 된다. 흐르는 땀을 멈출 수는 없겠지만, 그림을 보는 것만으로 한결 선선해진다. 이것이 그림을 통해 즐기는 나만의 피서법이다.

차일드 하삼, 「숄스섬」, 1912년

도시인들의 휴양지

바다에서 보내는 휴가가 보편화된 것은 산업혁명 이후의 일이다. 산업화로 인해 도시가 오염되면서 깨끗한 물과 공기, 아름다운 경치에 대한 수요가 늘어났고, 19세기 후반 유럽 전역에 철도가 깔리면서 사람들은 해변을 찾기 시작했다. 특히 프랑스의 트루빌 해수욕장은 파리에서 기차로 두 시간이면 도착할 만큼 가까워서 도시인들의 휴양지로 각광받았는데, 펠릭스 발로통Félix Vallotton, 클로드 모네Claude Monet, 프랑수아 갈François Gall 등의 화가도 그곳을 방문했다.

힘들고 고단한 이들에게 해변은 훌륭한 쉼터가 되어주었고, 방전된 에너지를 충전할 수 있는 시간과 환경을 제공했다. 과거의 트루빌과 현재의 트루빌이 똑같은 모습은 아니겠지만 그 가치와 의미는 변함없을 것이다. 예나 지금이나 바다는 늘 같은 자리에서 지친 이들을 맞이하고 있다.

펠릭스 발로통, 「트루빌의 텐트들」, 1925년

여행은 기억으로부터

어떤 여행은 기억으로부터 완성된다. 앙리 마티스Henri Matisse에게는 그해 타
히티 여행이 그랬다. 1930년, 마티스는 남태평양의 낙원으로 불리는 타히
티섬으로 떠났다. 그곳에 두 달간 머무르며 산호초 사이에서 수영하고 황
홀한 풍경을 만끽하던 그는 10여 년 뒤 그때의 기억을 토대로 「폴리네시
아, 바다」를 만들었다.

이 그림을 제작할 당시 그는 십이지장암 수술을 받고 병석에 누워 있었다. 그렇게 힘든 시기에도 행복했던 지난 여행을 떠올리며 자신만의 바다를 만든 그가 새삼 대단해 보인다. 어쩌면 여행의 장점 중 하나가 그것이 아닌가 싶다. 힘들 때 버틸 수 있는 힘이 되어주는 것. 이토록 푸른 바다를 기억 속에 간직하고 있다면, 웬만한 역경은 이겨낼 수 있을 것만 같다.

앙리 마티스, 「폴리네시아, 바다」, 1946년

자신을 지켜야 할 책임

사는 게 벅차고 힘들어 나 자신을 잃기 쉬울 때가 있다. 그러나 삶이 아무리 비루해도 내가 나를 방치하거나 등한시하면 안 된다. 세상이 나를 외면해도 나마저 나를 무시하면 곤란하다. 모든 게 부질없어 보여도 나만은 나를 믿고 응원해야 한다. 아무도 편들어주지 않아도 나는 내 편이 되어야 한다. 누구도 구해주지 않아도 나는 나를 구해야 한다. 미약한 인간이 온전하기 위해서는 스스로를 살피고 보듬고 돌보는 수밖에 없다. 우리는 제 인생의 보호자다. 어떻게든 자신을 지켜야 할 책임이 있다.

롤런드 휠라이트, 「후미진 곳」, 연도 미상

타비크 프란티셰크 시몬, 「달마티안 해안의 소녀들」, 1936년

휴식을 취하고 나면

휴식 시간만큼 나를 극적으로 바꾸는 것이 또 있을까. 깊은숨을 내쉬고, 마음을 차분하게 하고, 슬픔을 조금씩 흘려버리고, 희미하게나마 희망을 엿보고, 새롭게 질문을 던지고, 섬세한 감각들을 깨우는 시간. 그렇게 휴식을 취하고 나면 나는 그 전과는 조금 다른 존재가 된다. 가만하지만 분명하게 달라져 있다.

여름 바다의 빛

조르주 쇠라Georges Seurat는 1885년부터 거의 매년 프랑스 북쪽의 바다를 찾았다. 그는 여름마다 노르망디 해안의 그랑캉, 옹플뢰르, 르크로트와, 그라블린 등을 방문했다. "여름은 자신의 모든 색조로 아틀리에에 익숙해진 눈을 씻어주고, 선명한 빛을 가장 정확하게 보게 한다"라는 그의 말처럼, 쇠라는 여름이면 바닷가에 머무르며 휴식을 취했다. 그래서인지 그의 청청한 바다 풍경화를 보고 있노라면 마음이 맑고 상쾌해진다. 혼탁한 내면을 깨끗하게 비워주는 여름 바다의 빛이다.

조르주 쇠라, 「옹플뢰르의 바뷔탱 해변」, 1886년

파랑의 마법

기분이 울적할 때면 파란색 그림들을 바라본다. 라울 뒤피Raoul Dufy의 「해수욕하는 여자들」처럼 명랑한 파랑 속으로 뛰어들고, 기 페네 뒤부아Guy Pène du Bois의 「그랑 브뢰, 니스」처럼 푸른 바다에서 헤엄친다. 또 이디스 미칠 프렐위츠Edith Mitchill Prellwitz의 「동풍(수영객들)」처럼 청량한 블루와 마주한다. 그렇게 다채로운 파란 빛깔에 흠뻑 빠져 있다 보면 나쁜 감정들, 우울한 생각들이 전부 사그라지고 가라앉았던 마음에 활기가 생긴다. 어제의 후회나 사소한 욕심도 어느새 다 흩어져버린다. 아마도 파랑이 해결하지 못하는 문제는 없는 듯하다. 새파란 마법, 파랑의 힘이다.

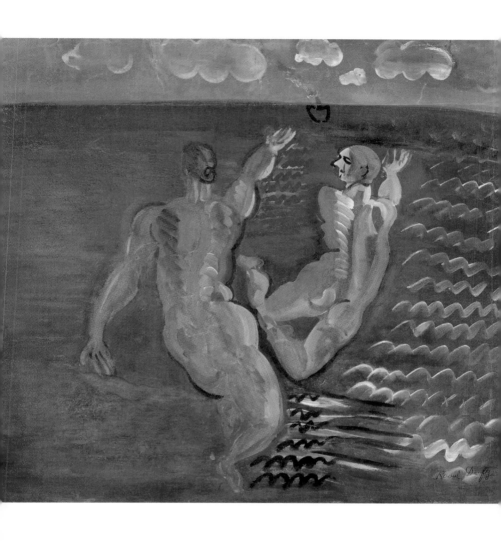

라울 뒤피, 「해수욕하는 여자들」, 1925년

기 페네 뒤부아, 「그랑 브뢰, 니스」, 1930년

이디스 미철 프렐위츠, 「동풍(수영객들)」, 1922년경

그해 여름, 체스터에서

윌리엄 글래킨스William Glackens는 휴가를 자주 갔다. 미국의 뉴캐슬, 프랑스의 아당섬 등 다양한 지역에서 휴가를 보냈고, 그중 한 곳이 캐나다의 노바스코샤주에 있는 체스터였다. 체스터는 한적하고 아름다운 휴양지로, 그는 1910년 여름에 그곳에서 머무르며 「수영 시간, 체스터, 노바스코샤」를 그렸다. 평화롭게 수영하고 물놀이하는 그림 속 풍경처럼 그 시간들이 그에게는 완벽한 휴식이었을 것이다.

글래킨스가 휴가를 떠나 재충전의 시간을 가졌듯이, 우리도 적극적으로 휴식을 가질 필요가 있다. 일상의 번뇌를 잊고 고요를 확보하는 데에는 휴식만큼 좋은 것이 없다. 휴식이란 삶을 회복시키는 가장 강력하고도 손쉬운 방법이다.

윌리엄 글래킨스, 「수영 시간, 체스터, 노바스코샤」, 1910년

윌리엄 글래킨스, 「뱃목」, 1915년

일과 휴식의 균형

휴식은 일의 방해꾼이 아니다. 오히려 조력자에 가깝다. 휴식과 일은 떼려야 뗄 수 없는 관계이며 서로 조화를 이룰 때 더욱 긍정적인 힘을 발휘한다.

휴식과 일의 균형을 맞춘 대표적인 인물이 호아킨 소로야Joaquín Sorolla다. 그는 화가로서 활발히 활동하는 동안에도 휴식에 소홀하지 않았다. 그는 1901년 미국 뉴욕에서 열린 초대전을 성황리에 치른 뒤에도, 1906년 프랑스 파리의 개인전을 시작으로 10개 도시를 돌던 와중에도, 1909년 미국의 여러 도시에서 순회전을 마친 뒤에도 늘 스페인의 발렌시아 해변을 찾아 휴식을 취했다. 또한 스페인 지방 풍경을 담은 「스페인 지방」 연작 때문에 지쳐 있던 1916년, 하던 일을 잠시 멈추고 발렌시아 해변에서 3개월 동안 휴가를 보내며 다시 힘을 얻기도 했다. 소로야는 일과 휴식의 균형을 통해 성공적인 경력을 쌓은 것은 물론 충만하고 행복한 삶을 살 수 있었다.

호아킨 소로야, 「수영 후, 발렌시아」, 1909년

삶과 휴식의 상관관계

삶에는 아껴야 할 것들이 많다. 그러나 휴식을 아끼면서 좋은 삶을 살기란 쉽지 않다. 쉴 수 있을 때 쉬어야 건강하게 살아갈 수 있듯이, 휴식에 대해서는 절제하는 것보다 헤픈 것이 낫다. 놀고 싶을 때 놀아야 즐겁게 살 수 있듯이, 휴식은 미루는 것보다 실천하는 것이 낫고 삼가는 것보다 만끽하는 것이 낫다. 경험에 비춰 말하건대, 휴식을 낭비할수록 삶은 아름다워진다. 휴식에 너그러울수록 삶은 풍요로워진다.

존 뉴턴 호잇, 「스위밍 홀」, 연도 미상

놀이가 만든 걸작

1967년에 펜탁스 카메라를 구입하기 전까지 데이비드 호크니는 폴라로이드 카메라에 빠져 있었다. 그에게 폴라로이드는 일종의 놀이이자 순간을 기록하는 가벼운 스냅 사진이었다. 그렇게 카메라를 가지고 놀던 호크니는 그것을 그림에 적용했다. 「더 큰 첨벙」에서 그는 물이 흩어지는 찰나의 이미지를 표현했고, 폴라로이드 사진의 형식을 따와 테두리에 여백을 남겼다. 그가 카메라를 가지고 놀지 않았다면 이 그림은 탄생하지 못했을지도 모른다. 재미있는 놀이가 위대한 걸작을 만든 것이다. 때로 창작은 노는 것에서 시작된다.

데이비드 호크니, 「더 큰 첨벙」, 1967년

휴식에도 노력이 필요하다

휴식에도 노력이 필요하다. 자꾸만 다른 방향으로 가려고 하는 마음을 붙잡으려는 노력. 어깨 가득 짊어진 삶의 무게를 잠시나마 내려놓으려는 노력. 모든 감각을 열고 좋은 소리, 공기, 에너지, 생각 등을 받아들이려는 노력. 이런 적극적인 노력을 하지 않으면, 휴식에 익숙하지 않은 우리는 시간이 주어졌을 때 휴식을 취하는 것이 아니라 그 시간 속에 스스로를 그냥 방치하게 된다. 무력하게 시간만 흘려보내게 된다. 세상 만물이 그러하듯, 휴식도 노력해야 가질 수 있다. 노력해야 얻을 수 있다.

러더퍼드 보이드, 「비치파라솔과 수영객들」, 1930년경

휴식의 해답

휴식의 해답은 '현재'에 있다. 몸과 마음과 정신을 현재에 두는 것이다. 이를테면 침대에 누워 지난날의 실수를 곱씹지 않는 것, 아름다운 풍경을 보면서 밀린 설거짓거리를 생각하지 않는 것, 맛있는 음식을 먹으면서 내일의 고난을 상상하지 않는 것이다. 그러니까 어제도 내일도 아닌, 오직 오늘에 충실한 것이다. 지금 이 순간에 집중하고 몰입하고 즐기는 것이다. 몸은 여기 있는데 마음이 과거나 미래에 가 있으면 오롯이 쉴 수 없다. 언제나 휴식은 현재 시제에서만 가능하다.

막시밀리앙 뤼스, 「온천에서의 물놀이」, 1909년

여름이니까

귀스타브 카유보트Gustave Caillebotte는 주로 물가에서 여가를 즐겼다. 그는 여름마다 도시 근교의 강변에서 낚시하거나 뱃놀이했고, 다이빙과 수영하는 장면을 화폭에 담았다. 그가 교외로 자주 나갈 수 있었던 것은 19세기 후반의 파리에 철도가 생겼기 때문이지만, 그것만이 이유는 아닐 것이다. 복잡한 대도시에서 벗어나 물에서 보내는 시간이 그에게는 짧지만 달콤한 휴식이었을 것이다.

그리고 이는 지금도 마찬가지다. 여름이면 우리는 휴가를 간다. 일상을 탈출해 바다로 떠나고, 해안가를 드라이브하며 자유를 만끽한다. 차가운 계곡에서 더위를 식히고, 호숫가를 산책하며 풍광에 취한다. 그렇게 각자의 방식으로 여름을 즐긴다. 저마다의 기쁨을 누리고, 제각기 행복을 찾는다. 그렇다. 휴식할 이유는 스스로 찾으면 된다. 내가 만들면 된다.

귀스타브 카유보트, 「다이빙하기 전의 수영객들」, 1878년경

당신의 호수를 찾았나요?

"호수에서 수영을 해. 수영하고 나면 다시 그림을 조금 그려. 햇빛이 나면 호숫가를, 날이 흐리면 내 방 창문에서 보이는 풍경을 그려. 오후가 되면 점심을 먹고 낮잠을 자거나 독서하며 시간을 보내고, 간식 시간 전후에 다시 한번 호수에 몸을 담가. 이따금 다른 것을 할 때도 있지만 대체로 수영을 하지."

이는 구스타프 클림트Gustav Klimt가 오스트리아 북부의 아터제 호수에 머물 당시, 연인 미치 치머만에게 쓴 편지의 일부다. 그 내용에서도 알 수 있듯이, 클림트에게 아터제 호수는 의미가 남달랐다. 쏟아지는 여론의 관심에서 벗어나 조용히 쉴 수 있는 은신처였고, 수영하고 게으름을 부리며 심신을 달랠 수 있는 안식처였다. 또 그의 풍경화 대부분이 이곳에서 탄생했을 만큼 클림트에게 아터제 호수는 예술적 영감의 원천지였다. 이토록 귀중한 장소이기에 그는 매해 여름마다 이곳에서 휴가를 보낸 것이 아니었을까. 또 이곳이 있기에 그가 무사히 살아갈 수 있지 않았을까. 평온으로 넘실대는 그의 그림은 묻는다. 당신은 당신의 호수를 찾았나요?

구스타프 클림트, 「아터제」, 1900년

나를 잃어버리지 않도록

무겁게 사는 건 별로 좋지 않은 습관이다. 너무 심각하게 살 필요는 없다. 매사에 비장하게 임하면, 사람이 예민해지고 불안해지며 피곤해진다. 삶이 경직되고 쪼그라든다. 의식적으로라도 가벼워지려고 노력해야 한다. 사소한 일에 날카롭게 반응하지 않고 무던히 넘길 줄 알아야 하고, 지나치게 잘하려고 애쓰기보다 긴장을 풀고 그 순간을 즐겨야 한다. 과거의 실수나 후회에 얽매이지 말고 훌훌 털어버려야 하며, 기쁜 일이 없더라도 때로는 크게 소리 내어 웃어야 한다.

삶의 무게에 짓눌려 소중한 나를 잃어버리지 않도록.

라울 뒤가르디에, 「엘렌, 빌라 마그달레나, 포르닉, 수영할 때」, 1929년

존 레이버리, 「수영장, 남프랑스」, 연도 미상

수영하는 마음으로   PART 02

이스카 그린필드샌더스, 「푸른 옷의 수영하는 사람」, 2006년

고요할 수 있는 장소

수영장은 소리로 가득하다. 첨벙이는 물소리, 해맑은 웃음소리, 소곤대는 말소리 등 갖가지 소리가 울려 퍼지지만, 그중에 나를 찾는 건 없다. 그것이 마음을 편안하게 한다. 수영장은 소리 속에 묻혀 마음껏 고요할 수 있는 장소다.

우울은 수용성

'우울은 수용성'이라는 말을 들은 적이 있다. 그 말처럼 우울은 물에 녹는다. 기분이 찌무룩할 때 따뜻한 물로 샤워하면 거의 즉각적으로 기분이 달라진다. 완벽하지 않더라도 욕실에 들어가기 전보다 월등히 기분이 나아진다. 집에서 샤워만 해도 그러할진대 수영장에 가면 효과는 배가 된다. 물속에서 팔다리를 움직일 때마다 나쁜 감정들이 씻겨나가고, 이리저리 헤엄치다 보면 무거운 마음이 가벼워진다. 우울감이 완전히 사라지지 않는다 해도 옅은 농도로 희석된다. 물에는 그런 정화의 기능이 있다.

나이절 밴위크, 「터치」, 2010년

세르게이 피스쿠노프, 「꽃무늬 수영복을 입은 소녀」, 2017년

힘을 빼야 힘을 얻는다

더 이상 힘을 내는 건 무리다. 우리가 가지고 있던 힘은 소멸되었다. 그럼에도 우리는 과도하게 힘을 내며 살아간다. 힘쓰고, 힘주고, 없는 힘까지 만들어내며 살고 있다. 힘내는 게 습관이 된 나머지 힘 빼는 법을 잊어버린 것만 같다. 어떻게 하면 힘을 뺄 수 있는 것일까.

그 방법을 온몸으로 보여주는 이가 있다. 세르게이 피스쿠노프Sergey Piskunov의 그림 속 여자다. 그는 양팔을 든 채 수면에 둥둥 떠 있다. 그에게는 물에 대한 공포도, 가라앉으리라는 의심도, 빨리 가고자 하는 욕심도 보이지 않는다. 그저 담담하게 물에 몸을 맡기고 있다. 그가 수영계의 최상급 실력자라거나 강심장의 소유자라서가 아니다. 그는 힘을 빼면 떠오른다는 이치를 깨달은 사람이다. 힘을 빼야 힘을 얻을 수 있다.

내 삶의 1순위

수영을 하면 나 자신에게만 집중하게 된다. 내 몸의 움직임에 몰두하고, 내 마음의 소리에 귀 기울인다. 나에 대해서만 생각하고, 나만의 시간을 즐긴다. 수영하는 동안만큼은 내 삶의 1순위는 나다.

판양쭝, 「수영장 연작-떠다니기」, 2014년

좋아하는 것이 있다면

좋아하는 것이 있다는 건 축복이다. 좋아하는 것에 대한 마음이 낙천적인 삶을 살게 하기 때문이다. 파블로 피카소Pablo Picasso에게는 수영이 그랬다. 그에게 수영은 단순한 취미를 넘어 내면에 생기를 불어넣는 숨결이자 삶을 이끄는 원동력이었다. 그는 일상적으로 수영을 즐겼고, 프랑스로 망명했을 때도 여름마다 고향인 스페인의 말라가 해변을 찾아 수영했으며, 발로리스에서 생활하던 말년에도 오전 작업을 마치면 늘 해수욕을 했다. 수영을 좋아한 나머지 수영을 주제로 다수의 그림을 그렸고, 수영에 관한 시를 써서 자신의 시선집 『피카소 시집』에 담기도 했다. 그에게 수영이 어떤 의미였는지 시에도 잘 드러나는데, 다음은 피카소가 시를 쓴 날짜이자 시의 제목인 「1935년 11월 3일」의 일부다.

'춤추고 노래하고픈 ― 정오의 ― 태양 아래 벌거벗고 수영하고픈 ― 우레 같은 소리를 내며 경쾌하게 말을 타고 달리고픈 ― 희망을 버릴 수는 없다'

파블로 피카소, 「수영하는 사람」, 1929년

수중에서 춤을

물에 뛰어드는 순간, 춤이 시작된다. 수중에서는 몸치든 박치든 그런 건 중요하지 않다. 재주나 실력에 상관없이 자신의 리듬에 몸을 맡기면 된다. 정해진 동작도, 특별한 기술도 필요하지 않다. 아무런 제한 없이 자유자재로 추는 프리스타일 댄스다.

몸이 가는 대로 움직이다 보면 모든 종류의 춤이 가능하다. 유려한 곡선을 그리며 팔다리를 내저으면 현대무용수가 되고, 거꾸로 물구나무서서 몸을 비틀면 비보이가 된다. 또 척추를 곧게 펴고 발끝을 세우면 발레리나가 된다. 때로는 백조처럼 우아하게, 때로는 인어처럼 자유롭게 나만의 춤을 출 수 있다. 물속에서는 누구나 최고의 댄서다.

에릭 제너, 「수중 댄스」, 2006년

숨 참기 게임

수영장에 가면 숨 참기 게임을 하곤 한다. 규칙은 간단하다. 게임 참여자들이 동시에 물속으로 얼굴을 집어넣은 뒤 숨을 쉬지 않고 오래 버티는 것이다. 숨 참기 능력과는 무관하게 온갖 눈치 싸움과 귀여운 장난이 난무하지만 서로 알고도 속아준다. 누가 이기건 지건 관계없다. 이건 놀이니까. 즐겁고 재미있으면 그뿐이다. 신나고 또 신나서 천진난만한 웃음소리가 멈추지 않는다. 수영장에 있으면 모두 아이가 된다.

서맨사 프렌치, 「무제」, 2016년

앙리 마티스, 「수영하는 사람」, 1909년

나를 알게 되는 시간

물속에서 나는 투명해진다. 나를 속속들이 들여다볼 수 있다. 내 신체의 특징이 무엇인지, 무슨 자세일 때 편한지, 근본적으로 두려움을 느끼는 대상이 무엇인지, 한계를 어떤 식으로 받아들이는지, 내가 얼마나 약하고 또 강한 존재인지. 그동안 차마 알지 못했던 나를 수영하는 과정에서 파악하게 된다. 뜻밖의 나를 발견하고 내 안의 나와 마주한다. 육체적, 심리적, 정신적으로 스스로를 살피며 내가 어떤 사람인지 깨닫는다. 모든 앎이 그러하듯 처음부터 잘 아는 사람은 없다. 그것이 자신일지라도. 내가 나에 대해 알게 되기까지는 시간이 걸린다.

그 누구도 아닌 나 자신

살바도르 달리Salvador Dali는 수영마저 자기 방식대로 했다. 그는 스페인 코스타브라바 해안에서 해초를 두른 채 알몸으로 수영했고, 캡데크레우스 바다에서 기다란 지팡이를 들고 물속을 유영했다. 심지어 베네치아에서는 바닷물 위에 이젤을 띄우고 헤엄치면서 그림을 그리는 묘기를 선보였다. 이런 일련의 기행들은 자못 우스꽝스럽게 보일 수도 있지만, 눈치 보거나 움츠러들지 않고 마음 가는 대로 살았던 그가 멋지기도 하다.

"매일 아침, 잠에서 깨어날 때마다 나는 최고의 즐거움을 경험한다. 내가 살바도르 달리로서 이 세상에 존재할 수 있음에."

그의 말처럼, 달리는 그 누구도 아닌 자신의 삶을 살았다. 오직 자기 자신으로 존재했다.

살바도르 달리, 「야네르의 수영객들」, 1923년

단지 용기의 문제

다이빙에서 가장 중요한 능력은 튼튼한 육체와 날렵한 몸짓이 아니라 두려움을 다스리는 것이다. 아무리 놀라운 기술을 보유하고 있어도, 멋진 자세와 동작이 가능해도 용기가 없으면 물속에 뛰어들지 못한다. 다이빙대 위에 설 수조차 없다.

할 수 있다는 믿음을 가지고 힘차게 몸을 던지는 것. 때로 인생은 단지 용기의 문제다.

알바로 게바라, 「다이빙」, 1916~1917년

8년간의 수영 연습

이는 세상에 공개된 마르셀 뒤샹Marcel Duchamp의 몇 안 되는 그림 중 하나다. 색의 배합과 붓놀림을 보면 그가 인상주의 화법에 능통했음을 알 수 있고, 물감을 두껍게 칠해 질감 효과를 내는 회화 기법인 임파스토에도 노련했음을 확인할 수 있다. 이 그림은 1905년에 그려졌는데, 이때는 뒤샹이 "1902년부터 1910년까지, 8년간의 수영 연습"이라고 한 기간이기도 하다. 이 시기에 그는 인상주의, 후기인상주의, 상징주의, 야수주의, 그리고 입체주의를 학습했다. 즉, 우리가 '뒤샹' 하면 떠올리는 레디메이드 작품인 「샘」은 어느 날 갑자기 탄생한 것이 아니라 자기 양식을 수립하기 위해 보이지 않는 곳에서 예술을 연구한 그의 수많은 노력이 만들어낸 결과인 것이다. 능숙하게 수영하기 위해서 8년간 연습했던 것처럼.

딱 할 수 있는 만큼

수영에는 어떤 진실함이 있다. 자신의 힘으로, 자신이 할 수 있는 만큼만 나아간다. 거기에는 거짓이나 꾸밈이 없다. 꾀나 속임수도 존재하지 않는다. 착실하고 성실하게 자기 길을 헤엄쳐나가는 사람만이 있을 뿐이다.

바로 그 점에서 그 어떤 것보다 빛나는 삶의 진리가 깃들어 있다.

아이비 스미스, 「네 명의 수영하는 사람」, 2005년

수영을 잘하기 위해 필요한 것

수영을 잘하려면 어떻게 해야 할까. 일단 물에 들어가야 한다. 규칙을 숙지하고 영법에 대해 공부한다고 해서 수영을 잘하게 되는 것은 아니다. 필요한 용구를 갖추고 마음의 준비를 한다고 해서 수영을 잘할 수 있는 것도 아니다. 주의 사항을 파악하고 준비운동을 충분히 해야 하지만, 언제까지 물밖에서 스트레칭만 하고 있을 수는 없다. 발차기와 호흡법을 비롯한 수영의 여러 기술은 물에서 몸소 익히고 배우는 수밖에 없다.

수영은 실전이다. 물에 뛰어들지 않는 한 불가능하다. 어쩌면 할 수 있느냐 없느냐는 생각보다 중요하지 않을지 모른다. 진짜로 중요한 것은 했느냐 하지 않았느냐이다.

외젠 얀손, 「수영장」, 1911년

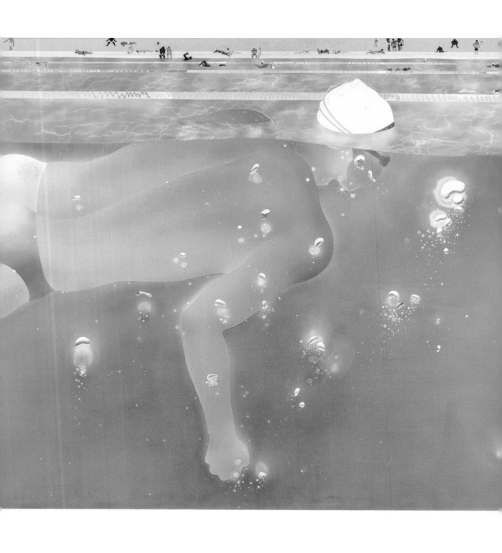

판양쭝, 「수영장 연작－떠다니기 2」, 2015년

음파음파 숨쉬기

수영에서 제일 먼저 배우는 것은 호흡이다. 수영 교본의 첫 장을 채우고 있는 것도, 수영 강습 시간에 첫 번째로 학습하는 것도 숨 쉬는 법이다. 그것이 기본이기 때문이다. 기본을 익히는 게 힘들고 지루할 때도 있지만, 대충 때우거나 건너뛰어서는 안 된다. 기본을 갖추지 못하면 아무것도 할 수 없다. 멋진 자유형도, 힘찬 접영도, 우아한 배영도 기본으로부터 시작된다. 기본은 모든 것의 근본이자 핵심이며 가능성이다.

홀로 그리고 함께

사람은 누구나 혼자 있고 싶기도 하지만 누군가와 같이 있고 싶기도 하다. 고독을 원하지만 외로운 건 싫다. 시끄러운 건 질색이지만 고립되는 건 무섭다. 서로의 거리가 너무 가까우면 피곤하지만 그래도 온기는 필요하다. 홀로 그리고 함께, 수영장에서는 그 두 가지가 동시에 가능하다.

미겔 매킨레이, 「여름」, 1933년

아무것도 하지 않는 시간

수영장에서는 모든 것을 멈추어도 된다. 억지로 웃지 않아도 되고 일부러 말하지 않아도 된다. 몸을 움직이지 않아도 되고 무언가를 생각하지 않아도 된다. 수영장에 왔다고 해서 꼭 수영할 필요도 없다. 가만히 앉아 사람들을 구경해도 되고 조용히 누워 잠을 자도 된다. 멍하니 숨만 쉬어도 된다. 아무것도 하지 않는 시간, 그게 바로 쉼이다.

볼프강 디터 바우어, 「아이즈 와이드 셧II」, 2006년

한밤에 수영을

밤은 수영하기 좋은 시간이다. 떠들썩했던 낮과 달리 정적이 내려앉은 시간. 인적이 드문 풀장에서 혼자만의 시간을 가지며 지친 몸을 다독이고 여유를 찾는다. 긴장감이 이완되면서 피로가 풀리고, 덕지덕지 달라붙어 있던 스트레스가 날아간다. 속상하거나 심란했던 마음도 누그러들고, 머릿속을 가득 메운 복잡한 생각들도 사라진다. 그렇게 수영을 하고 나면 온몸이 나른해지면서 기분 좋게 하루를 마감하게 된다. 스르륵 눈을 감고 편히 잠들 수 있다.

뤼시앵 아드리옹, 「수영장, 팜비치, 칸」, 연도 미상

앨프리드 머닝스, 「수영장 옆에 있는 드루이즈의 숙소에서 J. V. 랭크 부인」, 연도 미상

수영장의 규칙

수영장에는 반드시 지켜야 할 규칙이 있다. 쉬는 시간이 되면 수영을 멈추고 모두 물 밖으로 나가는 것이다. 그래야 수영장은 시설을 재정비해 다음 개장을 준비할 수 있고, 이용자는 체력을 보충해 또다시 물놀이를 즐길 수 있다.

삶에도 이런 규칙을 적용하면 어떨까. 쉬어야 할 때는 강제적으로라도 무조건 쉬는 것이다. 때로는 억지로라도 휴식을 취해야 고갈되거나 소모되지 않고 새로운 물을 채울 수 있다. 지치거나 쓰러지지 않고 다시 시작할 수 있다.

가위로 그린 수영장

1952년 여름, 앙리 마티스는 평소 즐겨 찾던 프랑스 칸의 수영장으로 향했다. 그러나 노환으로 몸이 불편해 물에 들어갈 수 없었던 그는 당시에 머물고 있던 니스의 레지나호텔로 돌아와 "나만의 수영장을 만들 거야"라고 선언한다. 그리고 곧 파란색 물감을 칠한 종이를 가위로 싹둑싹둑 오려 자신만의 수영장을 창조했다. 그것이 바로 새로운 미술 형식, '컷아웃'이다. 건강이 나빠져 화가로서의 생명이 위태로운 상황이었음에도 불구하고 그는 좌절하거나 낙담하지 않고 과감히 도전해 시련을 돌파했다.

한계와 결핍은 늘 존재한다. 하지만 그것을 어떻게 받아들이느냐에 따라 답을 찾을 수 있을 것이다. 붓으로 그림을 그릴 수 없게 되자 가위로 그림을 그린 마티스처럼. 그는 이렇게 말했다.

"나는 언제나 바다를 동경했습니다. 이제는 더 이상 수영을 할 수 없게 되었기에, 내 주변에 바다를 둘러놓고자 합니다."

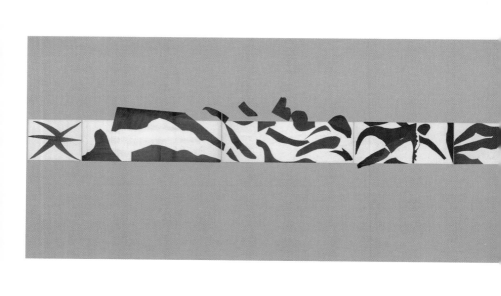

앙리 마티스, 「수영장」, 1952년

조금씩 나아간다

수영을 배우는 과정은 생각만큼 쉽지 않다. 호흡법이나 영법을 익히는 일도, 물에 몸이 뜨는 일도 어느 하나 그냥 되는 게 없다. 하지만 서툴고 헤매더라도 꾸준히 하다 보면 느는 게 느껴진다. 처음에는 되지 않았던 동작이 가능해지고, 숨 쉬기는커녕 물 먹기 일쑤였던 호흡이 편해진다. 어색하고 부자연스럽던 팔 돌리기가 익숙해지고, 힘만 들고 전진하지 못하던 발차기에 추진력이 생긴다. 물의 저항을 뚫고 더디지만 조금씩 나아간다. 이것은 수영의 교훈이면서, 삶에 대한 은유이기도 하다.

클로드 플라이트, 「수영: 경주의 시작」, 연도 미상

수영할 수 있는 시간

수영을 하고 싶은데 어떻게 시작해야 할지 모르겠다면, 우선 수영장에 가 보면 된다. 발이 닿기 전까지는 물의 온도를 알 수 없듯이, 해보기 전까지는 절대 알 수 없다. 몸을 담그기 전에는 물의 깊이를 모르듯이, 세상에는 경험해야만 깨달을 수 있는 것들이 존재한다. 그것을 할 수 있는 방법은 그것을 하는 것뿐이다. 그러니 하고 싶다면, 즉시 시작해야 한다. 수영할 수 있는 시간은 영원하지 않다.

판양쭝, 「수영장 연작 – 낙엽 속을 떠다니기」, 2015년

이 모든 기회

수영은 다양한 기회를 제공한다. 생활로부터 멀어질 수 있는 기회, 나쁜 기억들을 흘려보낼 수 있는 기회, 그리고 내 삶을 다시 건강하게 이어갈 수 있는 기회. 그러므로 우리가 할 일은 이 기회들을 놓치지 않고 잡는 일일 것이다. 보배롭고 값진 이 모든 기회를.

에밀리 리어몬트, 「드럼슈 수영장」, 1992년

대니 헬러, 「떠다니는 고무 튜브」, 2016년

헤엄치는 생각들　PART 03

새로운 세계 속으로

이 세상에는 두 개의 세계가 있다. 물 밖의 세계와 물 안의 세계. 두 개의 세계는 모습도 감각도 다르다. 움직이고 숨 쉬는 법도 다르다. 공기가 있는 세계와 공기가 없는 세계. 중력에 지배받는 세계와 중력을 거스르는 세계. 소리로 가득한 세계와 소리가 지워진 세계. 우리는 이 두 세계를 끊임없이 오가며 살아간다. 이 세계가 견디기 힘들 때면 저 세계로, 저 세계가 견디기 힘들 때면 이 세계로 풍덩, 뛰어드는 것이다. 그러면 슬픔으로 가득한 이 세계가 사라진다. 새로운 세계가 열린다.

서맨사 프렌치, 「담그다: 고요한」, 2018년

수영할 때는 수영만

수영하는 순간에는 수영을 할 뿐이다. 수영하는 도중에는 갑자기 10년 전
일을 떠올리지도 않고, 문득 누군가를 그리워하지도 않는다. 알 수 없는 불
안을 부풀리지도 않고, 스스로를 비난하지도 않는다. 수영할 때는 수영만
한다. 때로는 그것이 우리를 살게 한다.

아메데 뒤라파텔리에르, 「방돌에서 해수욕하는 여자들」, 1928년

마음에도 필터링이 필요하다

수영장 물이 깨끗한 것은 필터링 덕분이다. 정수 처리를 통해 불순물을 없애고, 소독하고, 청소한 후 새 물로 갈아주기 때문에 맑은 수질을 유지할 수 있다. 마음도 동일하다. 마음도 필터링 기능을 갖춰야 한다. 나쁜 것을 차단하고, 불필요한 것을 제거하고, 오염된 것을 정화해야 한다. 필터링 없이 모든 것을 다 받아들이면 마음이 탁해지고 거칠어진다. 온통 어지럽혀지고 지저분해진다. 필터를 통과시켜 물을 걸러내듯, 마음도 여과 과정을 거쳐야 한다. 마음에도 필터링이 필요하다.

위고 폰즈, 「웩슬러를 기다리다」, 2021년

주체성을 되찾는 과정

남들처럼 사는 것에 익숙한 세상이다. 우리는 남들처럼 생각하고 말하고 행동하며 살아간다. 남과 나를 끊임없이 비교하고, 다른 사람의 삶을 동경하고, 타인의 욕망을 나의 욕망으로 착각하며 산다. 그러나 수영할 때만큼은 다르다. 물속에서는 타인의 존재가 끼어들 틈이 없다. 오직 내가 원하는 방향으로 나아가고 나만의 방식으로 움직인다. 자신의 특성을 파악하고 스스로의 속도로 헤엄친다. 그렇게 '남들처럼'에서 '나처럼'으로 서서히 변화한다. 그런 의미에서 수영은 주체성을 되찾는 과정이기도 하다.

토빈, 「수영하는 사람」, 연도 미상

특별한 세상을 여행하는 법

무료함을 달래기 위해서는 바다 수영이 제격이다. 바다에서 잠영하면 놀라운 세상이 펼쳐진다. 해중에는 별의별 생물들이 헤아릴 수 없이 많다. 바닥에 붙어 꼼짝 않는 조개가 있는가 하면, 한시도 가만있지 않는 새우도 있다. 떼를 지어 몰려다니는 열대어들도 있고 단독으로 제 갈 길을 가는 거북이도 있다. 산호초들은 군집을 이루고 있고 해초들은 저마다 춤을 춘다. 그들 사이에서 인간은 한 마리의 물고기가 되어 헤엄친다. 한동안 그렇게 특별한 세상을 여행하다 나오면, 어느새 무료함은 사라지고 어쩐지 물 밖의 세상도 특별해 보인다.

모리스 드니, 「파도」, 1916년

청춘의 한복판에서

'여름'하면 떠오르는 화가가 있다. 헨리 스콧 튜크Henry Scott Tuke다. 영국의 항구도시 팰머스에 살았던 그는 누드 해수욕을 하는 젊은 남성들을 즐겨 그렸다. 그의 그림 속에서 푸른 물살을 가르는 남성들은 청춘의 한복판에 서 있다. 눈부신 여름을 만끽하는 모습이 그 자체로 청춘이다. 그러고 보면 청춘과 여름은 닮은 점이 많다. 밝게 빛난다는 점, 뜨겁게 타오른다는 점, 그리고 순식간에 지나간다는 점에서. 또한 청춘이 그러하듯, 여름은 즐기는 자의 것이다.

헨리 스콧 튜크, 「파란 수로」, 1926년

몸이 기억하는 역사

몸은 정직하다. 거짓말하지 않는다. 손으로 쓰면서 익힌 글씨, 넘어지면서 배운 자전거, 입으로 소리 내어 학습한 언어, 그리고 물 마시며 체득한 수영까지……. 몸은 모든 것을 기억하고 있다. 물에 들어가자마자 자동으로 팔다리를 움직이고, 유년기에 체화한 영법을 성인이 된 뒤에도 할 수 있는 것은 그리 놀라운 일이 아니다. 직접 몸으로 체험한 것들, 땀 흘리며 연습한 경험들, 그 시간이 쌓은 감각은 쉬이 잊히지 않는다. 몸이 기억하는 역사이기 때문이다.

호아킨 소로야, 「바다의 아이들, 발렌시아 해변」, 1908년

겨울 수영을 하는 사람들

겨울 수영으로 유명한 이들이 있다. 미국 보스턴에 기반을 둔 수영 클럽 '엘 스트리트 브라우니스'다. 이들은 1904년 이래로 새해 첫날마다 겨울 바다에 모여 함께 수영한다. 얼음장같이 차가운 물에 거의 알몸으로 뛰어드는 모습을 보며 '왜 굳이 추운 겨울에 수영을 할까?'라는 의문이 들 수 있지만, 생각해보면 이상한 일도 아니다. 세상에는 다양한 사람들이 존재하고, 그들의 머릿수만큼이나 여러 입장과 의견이 있다. 내게 낯설다고 해서 그것이 잘못되었거나 무가치한 것은 아니다. 내가 잘 모른다고 해서, 당장 이해되지 않는다고 해서 비난하는 것은 바람직하지 않다. 다 나름대로의 이유가 있는 것이다.

조지 룩스, 「엘 스트리트 브라우니스」, 1922년

두 개의 다른 세상

1869년 여름, 센강의 라 그르누예르에서 두 명의 화가가 나란히 이젤을 펴고 그림을 그렸다. 절친한 사이였던 피에르오귀스트 르누아르Pierre-Auguste Renoir와 클로드 모네였다. 그들의 그림을 살펴보자. 주변은 푸른 나무들로 가득하고, 배들은 여기저기 흩어져 수면 위를 떠다닌다. 사람들은 그늘 아래에서 더위를 피하고, 강에서 수영하는 이들은 물 밖의 이들에게 물속으로 들어오라며 손짓한다.

두 그림 모두 싱그러운 여름 풍경이다. 다만 차이점이 있다. 르누아르가 휴식을 취하는 사람들에 초점을 맞췄다면, 모네는 일렁이는 물과 빛나는 정경에 집중했다. 따라서 르누아르의 그림은 시끌벅적하고 정겨운 분위기가 느껴지지만 모네의 그림은 평화롭고 아늑한 공기가 감돈다. 같은 시간에, 같은 장소에서, 같은 장면을 그려도 어떻게 바라보느냐에 따라 결과는 다르다. 다른 시각이 다른 세상을 창조한다.

피에르오귀스트 르누아르, 「라 그르누예르」, 1869년

클로드 모네, 「라 그르누예르」, 1869년

모두가 평등한 세계

수영장은 평등하다. 성별, 나이, 인종, 국적, 직업을 막론하고 누구나 반나체가 되어야 한다는 점에서 모두 동등하다. 누구든 예외 없이 맨몸으로 와서 빈손으로 돌아간다. 모든 권력과 지위, 부를 내려놓고 평등할 수 있는 거의 유일한 세계다.

로런스 매코너하, 「스프링우드」, 1948년경

수영장이 사각형인 이유

대개의 수영장이 사각형인 이유는 군사적인 목적에서다. 수영은 시대를 불문하고 핵심적인 군용 기술이었고, 전쟁에서 승리하고 생존하기 위해서는 수영을 할 줄 알아야 했다. 이를 위해 18세기 유럽에서는 군용 수영장을 건설했다. 직각으로 이루어진 사각형의 수영장은 일종의 연병장이었으며 군인들이 훈련을 받고 수영 연습을 하는 데 실용적이었다. 그때 구축된 수영장의 모습이 표준 치수가 요구되는 경기용 수영장에 적용되었고, 일반 수영장에도 사용되며 오늘날까지 이어지고 있다. 즉, 수영장을 만든 목적이 수영장의 형식을 규정하고 수영의 종류와 내용까지 결정한 것이다. 때로는 목적이 모든 것을 만든다.

외젠 얀손, 「해군 목욕탕」, 1907년

토머스 에이킨스, 「수영」, 1885년

깊이 좋아하면 넓어진다

토머스 에이킨스의 주된 작품 주제는 인체였다. 그는 몸을 이해하기 위해 펜실베이니아미술아카데미에서 해부학을 배웠고, 제퍼슨의대의 해부 수업에 참관하기도 했다. 한때 외과 의사를 꿈꿀 만큼 의학 지식이 상당했다. 또 카메라를 활용해 그림 구도를 연구하다가 사진가로 활동했고, 인물의 동선을 파악하기 위해 모션픽처 기법을 개발했으며, 원근법과 과학기술을 그림에 적용하기도 했다. 그림에 대한 열정이 해부학, 의학, 사진술, 기하학 등으로 이어진 것이다.

이렇듯 무언가를 깊이 좋아한다는 것은 사실상 넓어지는 일이다. 가령 그림을 좋아해서 그림을 보다 보면 그림 재료가 궁금해지고, 재료에 대해 파고들다 보면 화학, 과학, 나아가 역사를 공부하는 것으로 이어진다. 비단 그림뿐 아니라 모든 게 마찬가지다. 한 사람을 사랑하는 마음도, 한 대상을 향한 애정도, 결국 우리를 넓게 만든다. 계속 넓어지게 한다.

기억 속의 바다

바다에 오면 세월을 실감한다. 나는 살면서 몇 번의 바다를 방문했을까? 어릴 적 아빠와 수영하던 남쪽 바다, 유난히 춥던 스무 살의 겨울 바다, 푸른빛으로 일렁이던 새벽 바다, 어느 낯선 나라의 회색 바다, 떠오르는 태양을 맞이하던 붉은 바다……. 해변에 앉아 내 기억 속의 바다를 하나씩 떠올리고 있는데 순식간에 파도가 나를 덮쳤다. 그건 분명 파도였으나, 어쩌면 흘러간 시간이었다.

자세히 들여다보면

해변에서 휴가를 보내는 무리가 있다. 저 멀리 있는 남자는 강렬한 햇볕 아래 일광욕을 즐기고 있고, 수영복을 입은 여자는 망중한을 보내고 있다. 밀짚모자를 쓴 남자는 바닥에 엎드려 독서 중이고, 흰 셔츠 차림의 남자는 등 뒤에서 불어오는 산들바람을 만끽하고 있다. 또 오른편의 남자는 바닥에 매트를 깔고 누워 독서 삼매경에 빠져 있다. 정말이지 평화로운 장면이 아닐 수 없다. 그런데 한 발자국만 가까이 다가가면 보이지 않던 것들이 보인다.

먼 곳의 남자는 짙은 선글라스로 시끄러운 속을 감추고 있는 듯하다. 그 앞의 여자는 굳은 표정으로 맞은편의 남자를 바라보고, 남자는 그 시선을 피한다. 모자 쓴 남자의 눈이 허공을 맴도는 것으로 보아 책은 펴놓은 것뿐이고, 실은 턱을 괴고 담배를 든 채 사념에 잠겨 있다. 또 건너편의 남자가 보는 책은 셰익스피어의 『트로일러스와 크레시다』로, 그 내용은 사랑과 배신의 파노라마를 그린 가슴 아픈 서사시다. 멀리서 보면 누구나 평온하다. 심지어 행복해 보이기까지 하다. 그러나 자세히 들여다보면 모두 각자의 지옥이 있다.

앨릭스 카츠, 「라운드 힐」, 1977년

나의 세계

파도가 밀려오고 밀려간다. 그것을 보고 누군가는 반복되는 인생의 사이클을 파도에 비유하고, 누군가는 만나고 헤어진 수많은 인연들을 파도에 대입한다. 그저 자연현상일 뿐인데 줄곧 뜻을 찾고 의미를 부여한다. 그렇다면 이러한 행위는 무용하고 어리석은가? 그렇지 않다. 그것이야말로 인간의 고등 능력이자 특권이다. 우리는 있는 그대로의 세계에 살지 않는다. 자신의 세계 속에서 산다. 나의 세계는 내가 해석한 세계다.

에드워드 헨리 포새스트, 「파도타기」, 연도 미상

슬픔이 내게 준 것

욕조에 몸을 담근 이가 있다. 프리다 칼로Frida Kahlo, 화가 본인이다. 물속에 하반신이 잠겨 있고 상처 난 발에서는 피가 흐른다. 수면에는 갖가지 형상이 보인다. 멕시코 전통 의상, 부모의 결혼식 초상, 폭발하는 섬과 무너져가는 마천루, 죽은 새와 해골, 그리고 익사한 여성. 이 모든 것은 슬픔의 잔해로, 슬픔에 잠긴 스스로를 표현한 것이다. 슬픔에 빠지면 슬픔은 보이지 않는다. 슬픔에 빠진 나 자신만 보인다. 슬픔의 정체를 파악하기 위해서는 슬픔에서 벗어나야 하며, 슬픔에서 벗어나기 위해서는 슬픔을 겪어내는 수밖에 없다. 다시 말해 슬픔을 그렸다는 것은 슬픔을 통과했다는 증거이다. 칼로는 말했다.

"나는 슬픔을 익사시키려고 했는데
이 나쁜 녀석들이 수영하는 법을 배웠지.
그리고 지금은 이 괜찮은 좋은 느낌에 압도당했어."

프리다 칼로, 「물이 내게 준 것」, 1938년

물에 비친 내 모습

한 여성이 물에 비친 자신의 얼굴을 내려다본다. 무표정한 얼굴이 낯설게 느껴진다. 마치 내가 아닌 것만 같다. 생경한 스스로의 모습을 가만히 바라보던 여성은 슬쩍 미소를 짓는다. 슬쩍 미소 짓자 물속의 나도 미소 짓는다. 나를 따라 물에 반영된 나도 변한다. 그렇다. 나는 절대로 먼저 웃지 않는다. 내가 웃기 전까지는.

프란티세크 쿠프카, 「물. 수영하는 사람」, 1907년

보리스 쿠스토디예프, 「수영」, 1921년

기억으로 그린 그림

보리스 쿠스토디예프Boris Kustodiev는 1916년에 결핵에 걸린 후 하반신 마비로 더 이상 걸을 수 없게 되었다. 이때부터 그는 자신의 기억에 의존하여 그림을 그려나갔는데, 그 시기의 작품 중 하나가 「수영」이다. 이 그림을 그리고 불과 몇 년 뒤, 안타깝게도 그는 49세 나이로 사망한다. 아마 그는 생애 마지막 순간까지도 그림 속 모습처럼 활기차고 생기롭게 살아가고 싶었을 것이다. 흔히들 기억은 주관적이기에 부정확하다고 이야기한다. 하지만 때로는 가장 정확한 것이 기억일 때도 있다. 쿠스토디예프의 기억으로 그려진 그림은 그가 어떤 것을 꿈꾸었는지, 어떻게 살고자 했는지, 어떤 사람이었는지를 알려준다.

서퍼는 파도를 기다린다

파도가 몰려오면 사람들은 파도를 피한다. 반면 이때 파도 속으로 뛰어드는 이들이 있다. 바로 서퍼들이다. 이들은 다가오는 기회를 포착한 뒤 적기에 중심을 잡고 일어선다. 그리고 거침없이 파도 위를 달린다. 물론 모든 파도를 향해 돌진하는 것은 아니다. 어떤 파도는 흘려보내고, 어떤 파도는 올라탄다. 때로는 파도타기에 실패할 때도 있지만 다시 일어서면 그만이다. 다음 파도가 또 밀려올 테니. 결국 서핑은 삶을 대하는 태도다. 어떤 마음을 갖느냐, 어떤 것을 택하느냐, 어떤 자세를 취하느냐에 달렸다. 언제나 서퍼는 파도를 기다린다.

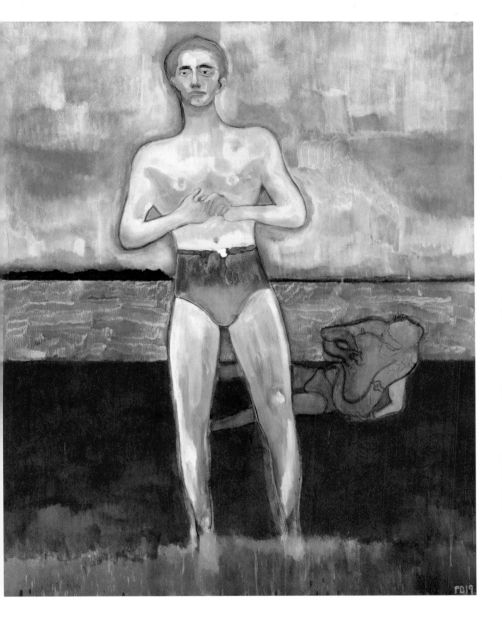

피터 도이그, 「수영하는 사람(칼립소를 노래하다)」, 2019년

쉬지 않고 달리기

수영 경기는 페이스 조절이 관건이다. 경기를 완영하기 위해서는, 전속력으로 내달려야 하는 구간도 있고 속도를 늦춰야 하는 구간도 있음을 알아야 한다. 목표 지점에 빨리 닿고자 무작정 전력 질주하면 목표를 이루기는커녕 낙오되기 십상이다.

삶도 그러하다. 쉬지 않고 계속 달리는 것은 열정이 아니라 자해다. 스스로를 망가뜨리지 않으려면 무리하지 말고 쉬엄쉬엄 가야 한다.

잭 버틀러 예이츠, 「리피강 수영」, 1923년

나에게 맞는 수영복

무슨 수영복을 입느냐에 따라 전혀 다른 내가 된다. 비키니를 입었을 때와 래시가드를 입었을 때는 표정도 몸짓도 다르다. 화려한 수영복을 입었을 때와 심플한 수영복을 입었을 때는 기분도 느낌도 다르다. 그렇게 여러 가지 수영복을 입으면서 나에게 어울리는 디자인이 무엇인지, 어떤 사이즈가 편한지 깨달아가는 것이 삶이 아닌가 싶다. 그러니 지금 입고 있는 수영복이 잘 맞지 않는다고 해서 실망할 필요는 없다. 다른 수영복을 입으면 되니까. 굳이 한 가지만 고집할 필요도 없다. 수영복은 얼마든지 있으니까. 수영복을 입어보듯 다양한 삶을 살아보면서 나에게 맞는 삶을 찾으면 된다.

우리가 사는 세상

사람들이 한데 모여 수영한다. 같은 장소에서 수영하더라도 그 방식은 천차만별이다. 어떤 이는 힘차게 물살을 가르며 전진하고, 어떤 이는 제자리에 멈춰 주변을 살핀다. 어떤 이는 새로운 방향으로 향하고, 어떤 이는 왔던 길을 되돌아간다. 어떤 이는 깊이 잠수해 심해를 들여다보고, 어떤 이는 수면에 누워 하늘을 바라본다. 또 어떤 이는 혼자만의 유영을 즐기고, 어떤 이는 누군가와 나란히 헤엄친다. 그들 각자의 목표와 흥미, 재능, 마음가짐, 태도, 우선순위, 가치관 등에 따라 수영하는 모습이 다채롭다. 우리가 사는 세상도 이와 다르지 않다.

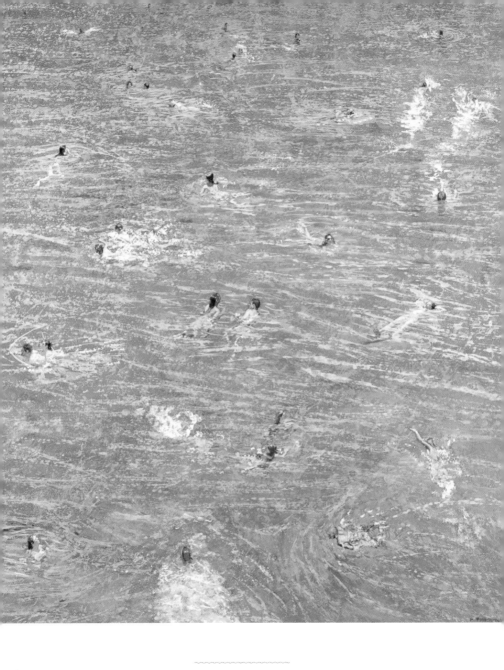

마리아 필로풀루, 「그리스의 수영하는 사람들」, 2009년

대니 헬러, 「안락의자와 파라솔」, 2017년

삶과 휴식 PART 04

산다는 것

생각이 많아질 때면 바다에 간다. 바다에 있으면 사람이 단순해진다. 수영하고 싶으면 물속에 들어가고, 그만하고 싶으면 물 밖으로 나온다. 움직이고 싶으면 해변을 걷고, 쉬고 싶으면 백사장에 앉는다. 원래 산다는 것은 이토록 간단한 일이 아니던가.

파울 구스타브 피셰르, 「모래언덕에서 하는 일광욕」, 1916년

파도에 흘려보내기

세상의 꽤 많은 문제들은 그냥 흘려보내는 것으로 해결된다. 그러니 괜한 것들에 일일이 반응하거나 동요하지 않는 것이 좋다. 안 좋은 영향을 주는 것들에 집중해 스스로를 괴롭힐 필요는 없다. 나에게 해로운 것들이 나의 세계를 뒤흔들게 내버려두지 말자. 파도가 바다를 정화하듯, 내 안에 나쁜 물이 고이지 않도록 하려면 자연스레 흘려보내야 한다. 빈센트 반 고흐 Vincent van Gogh가 그린 저 바다처럼. 고흐는 동생 테오에게 보낸 편지에 이렇게 썼다.

"너와 별로 상관도 없는 일에 지나치게 마음 쓰지 말도록 해라. 그리고 그런 일에 자신을 피곤하게 만들지 마라."

빈센트 반 고흐, 「생트마리드라메르의 바다 풍경」, 1888년

캐리 그래버, 「프레이 하우스」, 2016년

에너지를 다루는 방식

모든 일에는 에너지가 든다. 먹고 말하고 웃고 일하고 노는 데에도, 보고 듣고 느끼고 배우고 생각하는 데에도, 심지어 화를 내거나 누군가를 미워하고 사랑하는 데에도 에너지가 필요하다. 다시 말해 살아 있는 것 자체가 에너지를 소비하는 일이다. 우리는 사는 동안 계속해서 에너지를 관리해나가야 한다. 에너지가 사라지지 않도록 점검하고, 에너지가 떨어지지 않도록 조절해야 한다. 에너지가 낭비되지 않도록 분배하고, 에너지가 방전되지 않도록 충전해야 한다. 에너지를 다루는 방식이 삶의 모든 것을 결정한다.

루틴이 쌓여 인생이 된다

많은 화가들에게 수영은 일상의 루틴이었다. 살바도르 달리는 점심 식사 전, 늘 같은 시간에 수영했고 파블로 피카소는 오전 작업을 마치면 바다로 나가 수영하는 것이 일과였다. 또 앨릭스 카츠는 창작 활동을 계속하기 위해 지금도 50년 넘게 날마다 수영하고 있다. 그들은 자신에게 맞는 라이프 스타일을 파악한 다음, 정확한 시간대에 일하고 쉬며 삶을 체계적으로 관리했다. 일상을 일종의 시스템으로 만들어 생활 패턴을 한결같이 유지했고 그 결과, 자신이 원하는 삶을 살 수 있었다. 어쩌면 인생의 대부분은 엄청난 의지나 재능이 아닌, 지속적으로 반복하는 습관을 통해 이루어지는지도 모르겠다. 매일의 루틴이 쌓여 인생이 된다.

앨릭스 카츠, 「해변 풍경」, 1966년

일과 삶에 대하여

일은 소중하다. 하지만 그것만으로 이루어진 인생은 공허하다. 아무리 일을 사랑한다고 해도 적당한 만큼만 일에 나를 할애해야 한다. 전적으로 일에 매여 스스로를 갈아 넣지 말아야 한다. 일 하나에 내 전부를 갖다 바치면 곤란하다. 일은 일일 뿐이다. 일이 삶이 되어서는 안 된다.

뤼시앵 아드리옹, 「해변, 칸」, 연도 미상

존 레이버리, 「수영장에서 책을 읽는 빨간 드레스의 소녀」, 1887년

'적당히'의 중요성

언제나 중요한 건 '적당히'다. 무슨 일이든 과하면 문제가 생기기 마련이다. 좋은 음식도 과도하게 섭취하면 독이 되고, 몸에 이로운 운동도 무리하면 건강을 해친다. 훌륭한 책도 많이 보면 시력을 망치고, 재미있는 게임도 과몰입하면 중독된다. 듣기 좋은 칭찬도 도를 넘으면 실례가 되고, 유쾌한 농담도 지나치면 화를 불러일으킨다. 무엇이든 지나침은 모자람만 못하다. 일도 운동도 취미도 놀이도 관계도 적당히 해야 건강한 삶을 유지할 수 있다. 정도에 알맞게. 적당히.

행복은 공짜가 아니다

틈만 나면 여행을 가는 친구가 있다. 일이 끝난 늦은 밤에 근교 펜션에서 야간 수영을 즐기고, 하루라도 시간이 나면 비행기를 타고 어딘가로 떠난다. 여행에도 상당한 에너지가 소모되기 때문에 귀찮거나 힘들지 않느냐고 물으니 그녀 왈. "여행은 내 행복 기금이야." 돌이켜보면 정말 그렇다. 행복에도 비용이 든다. 실질적인 금전은 물론이거니와 행복을 위한 시간과 노력, 인내, 정성, 수고 등에 따르는 경비를 전부 지불해야 한다. 행복을 찾기 위한 투자금, 혹시 모를 불행에 대비하기 위한 보험료, 그리고 행복을 지키고 간직하기 위한 유지비가 필요하다. 다시 말해 누군가 행복해 보인다면, 그는 엄청난 자본을 들이고 있는 것이다. 행복하기 위해. 행복해지기 위해. 행복은 공짜가 아니다.

더글러스 라이어널 메이스, 「테인머스」, 1957년

조르주 쇠라, 「아니에르에서 수영하는 사람들」, 1883~1884년

진정한 풍요는 어디에

이 그림은 센강 아니에르의 여름 풍경을 담고 있다. 이곳은 프랑스의 대표적인 휴양지로, 군중들이 수영하고 물놀이하며 휴가를 보내는 장소다. 그림 속 이들은 노동자이거나 소시민 계층일 것이다. 저 멀리 검은 연기를 내뿜는 공장들이 이러한 사실을 알려준다. 19세기 후반 파리는 급속히 도시화가 되었으나, 노동자들의 삶은 나날이 열악해져갔다. 조르주 쇠라는 이렇게 어려운 상황 속에서도 삶을 즐기는 이들의 모습을 화폭에 담았다. 비록 가난하고 심신이 지쳤더라도 잠깐의 휴식을 향유하는 이들은 부족함이 없다. 풍요로움이 반드시 물질적 부와 일치하는 것은 아니니 말이다. 진정한 풍요는 부유한 마음에서 비롯된다.

흐르는 대로 살아가기

인생에는 흐름이라는 것이 있다. 그것은 마치 흐르는 물과 같아서 언제 어떻게 어디로 흘러갈지 알 수 없다. 예측 불가능한 일이 예측 불가능한 방식으로 다가오고, 불가해한 상황이 불가해한 모습으로 덮쳐온다. 그 흐름은 대단히 강하고 거대해서 거스르거나 대항할 수 없다. 싫거나 원하지 않아도 따를 수밖에 없다. 그것에 맞서기 위해 몸부림치고 치기를 부린 적도 있었으나 흐름에 몸을 맡기는 것이 순리임을 이제는 안다. 억지로 저항하기보다 흐르는 대로 살아가는 것, 그것이 내 삶의 미학이다.

앙리 르바스크, 「바다에서 수영하는 사람들」, 연도 미상

텅 빈 수영장에서

텅 빈 수영장에 가본 적 있는가. 폐장해서 모두 떠나버린, 아무도 없는 곳. 물마저 빠져나가고 녹슨 뼈대와 부서진 바닥이 고스란히 드러난 원형의 공간. 왁자지껄한 웃음소리와 들뜬 분위기도 자취를 감추어버린 장소. 그것은 축제 끝의 휑한 거리를 보는 듯 쓸쓸하다. 아무리 멋지고 수려하다 한들 그곳을 찾는 사람들이 없으면 금세 빛을 잃고 스러져간다. 많은 이들과 온기를 나누고 시간을 공유할 때 수영장은 비로소 의미를 갖는다. 삶도 마찬가지다.

테리 리네스, 「잘못된 계절」, 2015년

멈춰야 바라볼 수 있다

가끔은 멈춰야 제대로 바라볼 수 있다. 하늘도 바다도 그리고 인생도.

기퍼드 빌, 「가든 비치」, 1925년경

헨리 프렐위츠, 「수영하는 사람들」, 1893년경

그 바다의 이름

아이가 바다를 향해 돌진한다. 속히 나아가고 싶지만 물결이 높아 쉽지 않다. 발을 헛디뎌 중심을 잃기도 하고 힘이 빠져 쓰러지기도 한다. 방향감각을 상실해 헤매거나 거센 파도에 떠밀려 표류할 때도 있다. 그럼에도 불구하고 아이는 끊임없이 팔다리를 움직인다. 너울에 몸이 밀리더라도 수영을 멈추지 않는다. 계속 헤엄친다. 그 바다의 이름은 '삶'이다.

풍경화처럼 바라보기

삶이 흔들릴 때면 에트르타의 바다를 떠올린다. 외젠 부댕Eugène Boudin, 귀스타브 쿠르베Gustave Courbet, 클로드 모네 등이 그린 그곳의 바다 풍경을. 때론 풍경을 감상하듯 삶을 바라봐야 할 때가 있다. 삶에 너무 깊이 몰입해 있으면 흔들림 속에 매몰되기도 쉽다. 삶에 있어 흔들림은 파도 같은 것이므로 거기에 빠져 허우적거릴 때는 거대해 보이지만, 조금 떨어져서 거리를 두고 보면 아름다운 풍경의 일부일 뿐이다. 풍경을 바라보듯 삶을 관조하면 깨닫는다. 폭풍이 몰아쳐도, 해일이 밀려와도, 아무리 큰 파도가 쳐도 수평선은 고정되어 있음을. 모든 흔들림은 수평선 아래에 있음을. 그럴 때 삶은 하나의 풍경화가 된다.

외젠 부댕, 「에트르타. 아발의 절벽」, 1890년

마음의 안식처를 찾아서

폴 고갱Paul Gauguin은 35세의 적지 않은 나이에 안정적인 증권거래소 일을 그만두고 전업 화가의 길을 걸었다. 부푼 꿈을 가지고 작업에 매진했으나 그림은 팔리지 않았고, 생계가 어려워지자 가세가 기울기 시작했다. 엎친 데 덮친 격으로 아내와도 사이가 나빠지면서 오랫동안 식구들을 만나지 못했다. 경제적 위기, 가족과의 불화, 그리고 화가로서 불안정한 전망 속에서 방황하던 그는 1885년에 노르망디 연안의 디에프로 향했다. 프랑스 최초의 해수욕장이 있던 그곳에서 휴식을 취하며 다음 해에 열릴 인상주의 전시회에 출품할 그림을 그렸다. 당시 그곳에는 에드가르 드가Edgar Degas, 클로드 모네, 피에르오귀스트 르누아르 등의 화가들이 모여 있었는데, 모든 것이 위태롭고 불안했을 고갱에게 그들은 나를 지지하는 내 편이 되었을 것이다. 푸른 바다와 따스한 햇살, 그리고 나의 사람들이 있는 곳. 디에프야말로 그에게는 마음의 안식처였으리라.

폴 고갱, 「디에프 해변」, 1885년

페데르 세베린 크뢰위에르, 「스카겐에서 수영하는 소년들. 여름 저녁」, 1899년

희망은 다가오고 있다

아이들이 야간 수영을 즐기고 있다. 파도가 넘실대며 운치를 더하고 달빛이 만들어낸 물결이 따뜻한 분위기를 연출한다. 실로 안온한 밤이다. 페데르 세베린 크뢰위에르Peder Severin Krøyer는 이 작품을 1900년 파리 세계박람회에서 선보였다. 스카겐 해변의 여름밤을 묘사한 이 그림에는 모래사장에 앉은 아이부터 그를 보며 활짝 웃는 아이, 바닷물에서 헤엄치는 아이, 또 원거리의 배까지, 모두가 대각선으로 쭉 이어져 있다. 그들은 외따로 떨어져 있지만 하나의 선 위에 있다. 새로운 세기의 문턱에서 그려진 이 그림은 아이들의 모습을 통해 과거와 현재, 그리고 다가올 미래를 예고한다. 밤바다를 가득 메운 몽환적인 푸른색은 우울한 빛깔이 아니라 희망의 블루이다.

가지고 싶은 것들

해변에 앉아 필요한 것들을 적어보았다. 가지고 싶은 것들도 생각나는 대로 써 내려갔다. 이를테면 편히 쉴 수 있는 그늘, 느리게 흐르는 시간, 좋은 책과 맛있는 음식, 함께 이야기 나눌 수 있는 친구, 명랑한 유머, 흐드러진 웃음소리 등등. 그렇게 한참을 적다가 주위를 둘러보니 모두 내 곁에 있었다. 이미 사방에.

앙리 르바스크, 「수영하는 사람들」, 1928년경

라울 뒤피, 「도빌, 푸른 파라솔과 텐트들」, 연도 미상

애비 휘틀록, 「여름의 꿈Ⅱ」, 2020년

물처럼 사는 삶

물을 사랑한다. 비이성적으로 물에 끌리는 것이 이상하게 느껴질 때도 있지만 어쩔 수 없이 매번 매혹된다. 색, 모습, 움직임, 성질, 느낌 등 물이 가진 모든 것에. 그래서 물을 자주 바라보고 만진다. 어떤 식으로든 물의 곁에서 머문다. 물을 통해 치유되고 물에서 큰 힘을 얻는다. 물과 함께 있으면 물과 닮아진 자신을 발견한다. 조금은 더 유연하고 자유로워진 나를. 나는 물처럼 살고 싶다.

인생을 낭비하지 않는 시간

휴식을 취하고 있으면 많은 것들이 살아나는 느낌이다. 새로운 에너지, 생산적인 생각, 창의적인 아이디어, 긍정적인 마음이 내 안에서 꿈틀댄다. 그러고 보면 휴식 시간만큼 인생을 낭비하지 않는 시간도 없다.

마사 월터, 「수영장, 헌팅던밸리, 펜실베이니아」, 1935~1940년경

지난여름 페캉 바다에서

프랑스 페캉에서 여름을 보낸 적이 있다. 에메랄드빛 바다, 따스한 햇볕의 감촉, 파도와 자갈이 부딪히는 소리 등 모든 게 생생하지만 가장 기억에 남는 건 그곳의 사람들이다. 적잖은 인파가 해수욕 중이었는데, 그들의 모습은 자유롭기 그지없었다. 나이가 몇이건, 성별이 무엇이건 아무도 신경 쓰지 않았다. 체형과 몸무게가 어떻건 누구도 눈치 보지 않았다. 뱃살이 접히건, 허벅지에 셀룰라이트가 있건 아무것도 숨기거나 감추려 하지 않았다. 누가 보건 말건 수영하다 답답하면 수영복 상의를 벗어 던졌고, 몸에 선탠 자국이 남건 말건 오일을 듬뿍 바르고 뜨거운 태양을 만끽했다. 그들은 내일이 없는 사람들처럼 그 순간을 즐기고 있었다. 마침 내 옆에서 일광욕 중이던 한 여성에게 이러한 이야기를 하자 그가 웃으며 이렇게 답했다.

"무언가를 걱정하고 의식하기에는 이 여름이 너무 짧으니까요."

타비크 프란티셰크 시몬, 「페캉의 화창한 해변」, 1934년

페데르 세베린 크뢰위에르, 「수영하는 소년들, 태양」, 1892년

말하지 않아도 들리는 것

바다가 윤슬로 반짝인다. 빛으로 가득한 해수면을 바라보고 있으면 내게
이런 말을 하는 것 같다. 움츠러들지 말자. 숨을 크게 쉬어보자. 어깨를 쫙
펴고 걷자. 먹고 마시고 즐겨라. 웃고 울고 사랑하라. 오늘을 살아라. 너는
지금, 이렇게 살아 있다.

인생은 장거리 경주

수영 경기에서 중요한 것은 단연 출발이다. 먼저 출발한 사람이 승리할 가능성이 높기 때문이다. 그러나 단거리 경기가 아니라 장거리 경기일 때 이야기는 달라진다. 출발 못지않게 중요한 것들이 많다. 어떤 영법을 택하느냐, 경기에 얼마나 집중하느냐, 본인의 장단점을 잘 알고 있느냐, 변칙적 상황에 현명하게 대처하느냐, 페이스를 어떻게 관리하느냐 등에 따라 결과가 결정된다.

그러니 시작이 조금 늦었다고 슬퍼할 필요도 없고, 중간에 삐끗했다고 크게 좌절할 필요도 없다. 인생은 장거리 경주, 아직 경기는 끝나지 않았다.

앨릭스 콜빌, 「수영 경기」, 1958년

앨릭스 룰렛, 「수영하는 사람」, 2018년

쉬어 마땅한 우리들

삶은 하나의 레이스다. 우리는 각자의 레이스를 해내느라 숨 가쁘게 달려왔다. 지금 이 순간에도 힘겨운 레이스를 하고 있겠지만, 또 계속해야겠지만, 저마다의 레이스를 이어가고 있는 우리들에게 이 말을 전하고 싶다. 오늘의 레이스가 형편없었다고 해도, 할 일을 다 끝내지 못했다고 해도 스스로를 다그치거나 미워하지 말자고. 종일 제자리걸음뿐이었다고 해도, 심지어 뒷걸음질했다고 해도 온전히 살아냈다는 것만으로 충분하다고. 그동안 너무 수고했다고. 그러므로 쉬어 마땅하다고.

휴식이 있는 삶

사람들은 다양한 이유로 수영을 한다. 물이 좋아서, 재미있어서, 체력을 기르기 위해, 스트레스를 해소하려고, 피로를 풀기 위해, 물에 대한 두려움을 극복하고 싶어서, 어린 시절 나와의 약속을 지키기 위해, 비상시를 대비하는 차원에서, 배움을 통해 자신감과 성취감을 얻고자, 수영에 관한 개인적인 판타지를 충족하려고, 친목 도모를 위한 목적으로, 다이어트에 도움이 되어서, 삶에 활력을 불어넣기 위해, 습관이기 때문에, 홀로 있을 시간이 필요해서, 그리고 쉬기 위해.

화가들도 마찬가지였다. 그들은 여러 가지 목적과 까닭, 방식으로 수영했다. 미국 로스앤젤레스에 체류하며 수영에 대한 기념비적인 작품을 남긴 데이비드 호크니를 비롯해, 수영이 삶의 낙이었던 파블로 피카소, 앙리 마티스, 살바도르 달리는 물론이거니와 폴 세잔Paul Cézanne, 프레데리크 바지유Frédéric Bazille, 알베르 마르케Albert Marquet 등 수많은 화가들이 수영을 했다. 또 앨릭스 카츠, 캐리 그래버, 볼프강 디터 바우어Wolfgang Dieter Bauer 등의 현대 화가들도 수영을 즐기고 있다.

어릴 때부터 수영과 친숙했던 화가들도 많다. 영국의 항구도시 팰머스에서 소년 시절을 보낸 헨리 스콧 튜크는 수영에 대한 사랑이 남달랐고, 차일드 하삼은 수영에 뛰어난 소질이 있는 어린이였다. 열성적인 스포츠맨이었던 토머스 에이킨스는 장기인 수영을 통해 친구를 사귀었으며, 프레데릭 바지유와 폴 세잔은 프랑스 아르크강에서 수영하면서 우정을 쌓았다. 또 이디스 미칠 프렐위츠는 미국 뉴욕 롱아일랜드의 페코닉만에서 수영하고 다이빙하며 목가적인 어린 시절을 보냈다.

휴가지에서 수영을 만끽한 화가들도 있다. 앙리 드 툴루즈로트레크Henri de Toulouse-Lautrec는 1896년에 프랑스 남서부의 아르카숑 바다에서 나체 수영을 즐겼고, 에드바르 뭉크Edvard Munch는 1907년 여름 독일의 휴양지 바르네뮌데의 누드 비치에서 여가를 보내며 「해수욕하는 남자들」을 그렸다. 알베르 마르케는 1925년에 아내와 함께 노르웨이를 방문해 수영하고 낚시하며 그해 여름을 지냈고, 수영장에서 휴가를 보내는 것을 선호했던 존 레이버리John Lavery는 다채로운 수영장 풍경을 「수영장, 남프랑스」, 「피플스 풀, 팜비치」, 「플로리다의 겨울」 등에 묘사했다.

아예 집에 수영장을 둔 화가들도 적지 않다. 스페인 카다케스에 있는 집에 길쭉한 형태의 수영장을 직접 설계한 살바도르 달리는 매일 오전 그곳에서 수영했고 수영장 안쪽에 자리한 오두막에 누워 휴식을 취했다. 프리다 칼로는 자신의 생가이자 남편 디에고 리베라Diego Rivera와 같이 살았던 집 정원에 수영장을 만들었는데, 그 파란 집이 현재 멕시코에 있는 프리다 칼로미술관이다. 또 프랑스 엑상프로방스에 있는 집의 풀장에 유독 애정이 컸던 폴 세잔은 풀장의 생동감 넘치는 모습을 「자드부팡, 수영장」을 비롯

에드바르 뭉크, 「해수욕하는 남자들」, 1907~1908년

한 여러 점의 작품에 담기도 했다.

수영이 일상이었던 화가들도 상당수다. 구스타프 클림트는 여름이면 오스트리아 아터제 호수에 머물며 매일 같은 시간에 수영하는 것이 일과였고, 파블로 피카소는 프랑스 칸, 발로리스, 쥐앙레팡, 쥐앙만 등의 해변을 기회가 될 때마다 찾는 수영 애호가였다. 헨리 스콧 튜크는 여름날 바다에서 유영하는 것을 좋아하는 바다 수영 마니아였으며, 로이 릭턴스타인Roy Lichtenstein 역시 열 살 무렵인 1933년 미국 브엘 호수에서 수영하고 중년의 나이인 1966년 이탈리아 베네치아에서 해수욕하는 등 수영이 오랜 취미였다.

수영이 작품의 주요 소재였던 화가들도 무수하다. 페데르 세베린 크뢰위에르, 호아킨 소로야, 에드워드 헨리 포새스트Edward Henry Potthast는 해수욕하는 장면을 집중적으로 그렸고, 에드바르 뭉크와 존 레이버리, 윌리엄 글래킨스는 수영장이라는 테마에 깊이 천착했으며, 파블로 피카소와 앙리 마티스, 앨릭스 콜빌은 위대한 수영 연작들을 탄생시켰다. 또 현재도 에릭 제너Eric Zener, 서맨사 프렌치Samantha French, 애비 휘틀록Abi Whitlock 등 동시대 화가들이 수영을 주제로 그림을 그리고 있다.

수영장 자체를 캔버스로 삼은 화가들도 있다. 키스 해링Keith Haring은 1987년 여름, 미국 뉴욕에 있는 공용 수영장에 벽화를 그렸다. 그 그림은 물고기와 인간이 뒤섞여 헤엄치는 모습으로 수영장을 다 채울 만큼 길고 거대한 크기를 자랑한다. 또 그 이듬해 데이비드 호크니는 로스앤젤레스의 할리우드루스벨트호텔 수영장에 바닥화를 그렸다. 그는 기다란 붓을 들고 빈 풀장 바닥을 곡선형의 패턴으로 가득 채웠다. 약 네 시간의 작업을 마치고 풀장에 물이 채워지자 파란색 패턴들이 물과 함께 요동치며 마침내 작품이 완성되었다.

그런가 하면 수영으로 스포츠계에서 활약한 화가들도 있다. 1912년부터 1948년까지, 올림픽에는 예술 종목이 포함되었는데 잭 버틀러 예이츠Jack Butler Yeats가 그린 「리피강 수영」이 1924년 파리 올림픽에서 은메달을 수상하며 그는 아일랜드 최초의 올림픽 메달리스트가 되었다. 또한 조앤 브라운Joan Brown은 수영 선수로도 활동했다. 오랫동안 여러 수영 경기에 참가하고 수영 훈련을 하던 그는 1975년, 샌프란시스코의 거친 해협을 횡단하는 앨커트래즈 수영 대회에 출전해 그때의 경험을 「앨커트래즈 수영 이후」에 묘사하기도 했다.

수영과 관련된 색다른 일화도 있다. 살바도르 달리는 한 의류 제조업체와 계약을 맺고 수영복을 디자인했다. 그는 초현실주의 화가답게 기이한 형태의 수영복을 창조했고, 1965년 프랑스 파리에서 열린 패션쇼에서 모델들은 그 수영복을 입고 런웨이를 워킹했다. 레오나르도 다빈치Leonardo da Vinci는 수영 역사에 지대한 공을 세웠다. 본인의 과학 저술을 모은 책『코덱스 아틀란티쿠스』에서 그는 세계 최초로 두 개의 잠수복을 고안했고, 그것은 후일에 나온 표준 잠수복에 유의미한 영향을 끼쳤다.

이처럼 화가들에게 있어 수영은 특별한 존재였다. 시대와 사조를 불문하고 숱한 화가들이 수영을 즐겼고 뛰어난 수영 실력을 지니고 있었다. 수영을 주제로 그림을 그렸고, 수영에 관한 글을 썼으며, 수영복을 만들거나 수영장을 짓기도 했다. 그들은 수영에서 예술적 영감을 얻었고, 수영함으로써 창작의 고통을 이겨냈다. 수영하며 내면의 불안을 해소했고, 수영으로

존 레이버리, 「피플스 풀, 팜비치」, 1927년

풍요로운 생활을 영위했다. 수영은 그들을 포근하게 품어주는 안식이었고, 대체 불가한 최고의 휴식이었다. 수영을 통해 그들은 쉴 수 있었다.

생각해보면 우리의 쉼을 방해하는 것들이 수두룩하다. 개인적인 이유에서건, 사회적인 문제에서건. 일이 너무 많아서, 생계를 유지해야 하므로, 더 나은 미래를 위해, 쉬는 방법을 몰라서, 원하는 목표를 달성하고자, 쉴 여건이 안 돼서 등등. 그렇다면 우리는 언제 쉴 수 있을까? 지금 쉬어야 한다. 당장은 바쁘게 살아도 언젠간 쉴 날이 있을 거라는 생각은 잘못된 것이다. 저승에서 쉬는 것이 아니라면 말이다. 삶에는 마땅히 쉼표가 필요하고, 쉬어야 할 때 쉬지 못하면 예정된 비극만이 기다리고 있다.

쉼이 부족할 때 잃는 것은 단순히 체력만이 아니다. 쉬지 않으면 심신이 병들고 건강이 망가진다. 판단력이 흐려지고 집중력과 업무 능률도 저하된다. 결국엔 내가 누구이고 무슨 일을 하는지조차 알 수 없으며, 손 하나 까딱하지 못할 만큼 무기력해진다. 타인에게 무감해지므로 관계에도 악영향을 미치며, 세상을 바라보는 눈이 편협해진다. 쉬지 못하는 삶은 인간으로서의 성숙과 존엄을 잃어가며 사실상 죽은 것과 다름없다. 반대로, 쉬면 이 모든 게 좋아진다. 몸도, 마음도, 정신도, 일상도 긍정적으로 변화한다. 그러니 쉬지 않을 이유가 없다.

이 책을 쓰면서 휴식에 대해 많이 생각했다. 그러나 생각하면 할수록 휴식의 의미가 그렇게 분명하지 않음을 곱씹게 되었다. 다만 한 가지 깨달은 것이 있다. 휴식이란 스스로에게 쉼을 허락하는 일이라는 것. 그러니까 여유로운 시간을 보내는 것이 휴식이 아니라, 여유로운 시간을 보내면서 죄의식을 갖지 않는 것이 휴식이다. 휴식을 허락하지 않는 한, 주말 내내 아

윌리엄 글래킨스, 「해변, 아당섬」, 1925~1926년경

무엇도 하지 않고 뒹군다고 해서, 제주도에 가서 한 달간 산다고 해서 제대로 쉬었다고 보기 어렵다. 어디에 있든, 얼마의 시간이든, 어떤 방식으로든 마음 놓고 쉬는 것. 나 자신에게 온전히 휴식을 허할 때, 진정한 쉼에 다다를 수 있다.

쉰다는 것이 무슨 의미인지 이제야 배워가고 있다. 말하자면 나는 내 몸과 마음을 더 믿기로 했다. 하여 졸리면 자고, 배고프면 먹고, 힘들면 멈추었다. 기쁘면 웃고, 슬프면 울었다. 넘치지 않을 만큼만 하루 일정을 소화했다. 하고 싶은 일을 하고, 해야 하는 일을 억지로 만들지 않았다. 일의 양이 많으면 줄였고, 일이 끝나면 적절한 보상을 해주었다. 지나치게 무리하거나 애쓰지 않았다. 그 결과 인생에 극적인 변화는 없었으나 신체와 정신, 또 실제의 삶이 조금은 가벼워졌다. 그렇다면 나는 꽤 잘 쉰 셈이다.

결국 휴식은 행하는 자의 것이다. 물에 들어가기 전에는 수영할 수 없듯이 휴식을 실천해야 휴식할 수 있다. 물론 각자의 상황과 환경은 다르겠지만, 제각기 사정이 있겠지만, 그럼에도 불구하고 틈틈이 쉬기를, 그 어떤 망설임도 없이 홀가분하게 쉬기를, 자신의 휴식을 소중하게 누리기를 바란다. 어쩌면 나는 이 말을 전하고자 이 책을 썼는지도 모르겠다. 내가 사랑하는 이들에게, 나 자신에게, 그리고 모든 독자들에게. 우리는 쉬어야 한다. 삶을 위해 쉬어야 한다. 스스로를 위해서라도 쉬어야 한다. 반복한다. 쉬어야 한다.

폴 세잔, 「자드부팡, 수영장」, 1876년경

존 레이버리, 「플로리다의 겨울」, 1927년

| 도판 목록 |

Plage」, 1933년, 제작방법 미상, 크기 미상, 소장처 미상

- 029 존 레이버리John Lavery, 「캐슬로스 자작 부인, 팜스프링스The Viscountess Castlerosse, Palm Springs」, 1938년, 캔버스에 유채, 101.6×127cm, 소장처 미상

- 031 존 맥도널드 에이킨John MacDonald Aiken, 「수영장, 피튼윔Bathing Pool, Pittenweem」, 연도 미상, 캔버스에 유채, 72×94cm, 페이즐리미술관

- 033 마리아 필로풀루Maria Filopoulou, 「물속의 수영하는 사람Underwater Swimmer」, 2009년, 캔버스에 유채, 54×45cm, 개인 소장

- 034 라파우 크노프Rafał Knop, 「긴게르 부인Madame Ginger /by cycle SWIMMING POOL」, 2018년, 캔버스에 유채, 120×120cm, 개인 소장

- 037 차일드 하삼Childe Hassam, 「숄스섬The Isles of Shoals」, 1912년, 캔버스에 유채, 55.88×45.72cm, 버지니아미술관

- 039 펠릭스 발로통Félix Vallotton, 「트루빌의 텐트들Les Tentes à Trouville」, 1925년, 제작 방법 미상, 크기 미상, 소장처 미상

- 042 앙리 마티스Henri Matisse, 「폴리네시아, 바다Polynesia, the Sea」, 1946년, 태피스트리에 구아슈, 그 위에 종이 잘라 붙이기, 캔버스로 고정, 196×314cm, 퐁피두센터

- 045 롤런드 휠라이트Rowland Wheelwright, 「후미진 곳A Secluded Spot」, 연도 미상, 캔버스에 유채, 101.6×76.2cm, 소장처 미상

- 046 타비크 프란티셰크 시몬Tavík František Šimon, 「달마티안 해안의 소녀들Girls on the Dalmatian coast」, 1936년, 캔버스에 유채, 80×110cm, 소장처 미상

- 049 조르주 쇠라Georges Seurat, 「옹플뢰르의 바뷔탱 해변La Grève du Bas-Butin à Honfleur」, 1886년, 제작방법 미상, 65.5×82cm, 타우르나이미술관

- 051 라울 뒤피Raoul Dufy, 「해수욕하는 여자들Baigneuses」, 1925년, 종이에 구아슈, 54×61.2cm, 소장처 미상

- 052 기 페네 뒤부아Guy Pène du Bois, 「그랑 브뢰, 니스Grande Bleue, Nice」, 1930년, 캔버스에 유채, 73.66×91.44cm, 개인 소장

- 053 이디스 미칠 프렐위츠Edith Mitchill Prellwitz, 「동풍(수영객들)East Wind(The Bathers)」, 1922년경, 캔버스에 유채, 91.44×68.58cm, 개인 소장

- 055 윌리엄 글래킨스William Glackens, 「수영 시간, 체스터, 노바스코샤The Bathing Hour,

유채, 122×112cm, 그런디아트갤러리

- 143 호아킨 소로야Joaquín Sorolla, 「바다의 아이들, 발렌시아 해변Children in the Sea, Valencia Beach」, 1908년, 캔버스에 유채, 81×106cm, 개인 소장
- 145 조지 룩스George Luks, 「엘 스트리트 브라우니스L Street Brownies」, 1922년, 캔버스에 유채, 76.2×91.44cm, 개인 소장
- 148 피에르오귀스트 르누아르Pierre-Auguste Renoir, 「라 그르누예르La Grenouillère」, 1869년, 캔버스에 유채, 66×81cm, 스톡홀름국립박물관
- 149 클로드 모네Claude Monet, 「라 그르누예르La Grenouillère」, 1869년, 캔버스에 유채, 74.6×99.7cm, 메트로폴리탄미술관
- 151 로런스 매코너하Lawrence McConaha, 「스프링우드Springwood」, 1948년경, 캔버스에 유채, 76.2×114.3cm, 플린트미술협회
- 153 외젠 얀손Eugène Jansson, 「해군 목욕탕Flottans Badhus」, 1907년, 캔버스에 유채, 197×301cm, 틸스카갤러리
- 154 토머스 에이킨스Thomas Eakins, 「수영Swimming」, 1885년, 캔버스에 유채, 68.58×91.44cm, 아몬카터미국미술박물관
- 156 파울 구스타브 피셰르Paul Gustave Fischer, 「수영하는 여자들Women Bathing」, 연도 미상, 패널에 유채, 56×40cm, 소장처 미상
- 159 앨릭스 카츠Alex Katz, 「라운드 힐Round Hill」, 1977년, 아마천에 유채, 180.34×243.84cm, 로스앤젤레스카운티미술관
- 161 에드워드 헨리 포새스트Edward Henry Potthast, 「파도타기Playing in the Surf」, 연도 미상, 캔버스에 유채, 61×76.2cm, 개인 소장
- 163 프리다 칼로Frida Kahlo, 「물이 내게 준 것What the Water Gave Me」, 1938년, 캔버스에 유채, 91×70cm, 다니엘필리파키컬렉션
- 165 프란티셰크 쿠프카Frantisek Kupka, 「물. 수영하는 사람Water. The Bather」, 1907년, 캔버스에 유채, 63×80cm, 퐁피두센터
- 166 보리스 쿠스토디예프Boris Kustodiev, 「수영Bathing」, 1921년, 캔버스에 유채, 72×71cm, 개인 소장
- 169 피터 도이그Peter Doig, 「수영하는 사람(칼립소를 노래하다)Bather(Sings Calypso)」, 2019

상, 캔버스에 유채, 크기 미상, 소장처 미상

- 201 테리 리네스Terry Leness, 「잘못된 계절Wrong Season」, 2015년, 캔버스에 유채, 91.4×114.3cm, 개인 소장

- 203 기퍼드 빌Gifford Beal, 「가든 비치Garden Beach」, 1925년경, 캔버스에 유채, 크기 미상, 몬트클레어미술관

- 204 헨리 프렐위츠Henry Prellwitz, 「수영하는 사람들Swimmers」, 1893년경, 캔버스에 유채, 45.72×55.88cm, 개인 소장

- 207 외젠 부댕Eugène Boudin, 「에트르타. 아발의 절벽Étretat. The Cliff of Aval」, 1890년, 캔버스에 유채, 79.9×109.9cm, 티센보르네미서미술관

- 209 폴 고갱Paul Gauguin, 「디에프 해변The Beach at Dieppe」, 1885년, 캔버스에 유채, 72×72cm, 글립토테크미술관

- 210 페데르 세베린 크뢰위에르Peder Severin Krøyer, 「스카겐에서 수영하는 소년들. 여름 저녁Boys Bathing at Skagen. Summer Evening」, 1899년, 캔버스에 유채, 100.5×153cm, 덴마크국립미술관

- 213 앙리 르바스크Henri Lebasque, 「수영하는 사람들Bathers」, 1928년경, 캔버스에 유채, 54.6×64.7cm, 개인 소장

- 214 앙리 르바스크Henri Lebasque, 「칸, 푸른 파라솔과 텐트들Cannes, Parasol Bleu et Tentes」, 연도 미상, 캔버스에 유채, 46×55cm, 소장처 미상

- 216 애비 휘틀록Abi Whitlock, 「여름의 꿈 II A Dream of Summer II」, 2020년, 캔버스에 아크릴물감, 80×80cm, 개인 소장

- 219 마사 월터Martha Walter, 「수영장, 헌팅던밸리, 펜실베이니아The Swimming Pool, Huntingdon Valley, Pennsylvania」, 1935~1940년경, 판자에 유채, 71.8×93.3cm, 보스턴 보세갤러리

- 221 타비크 프란티셰크 시몬Tavík František Šimon, 「페캉의 화창한 해변Sunny Beach at Fécamp」, 1934년, 캔버스에 유채, 73×93cm, 개인 소장

- 222 페데르 세베린 크뢰위에르Peder Severin Krøyer, 「수영하는 소년들, 태양Bathing Boys, Sun」, 1892년, 제작방법 미상, 크기 미상, 히르슈스프룽컬렉션

- 226 앨릭스 콜빌Alex Colville, 「수영 경기The Swimming Race」, 1958년, 판넬에 유채와 합

완전한 휴식 속으로

풍덩!

초판 1쇄 발행 2021년 6월 18일 **초판 9쇄 발행** 2024년 3월 28일

지은이 우지현
펴낸이 이승현

출판2 본부장 박태근
스토리 독자 팀장 김소연
기획 이소중
디자인 이세호

펴낸곳 ㈜위즈덤하우스 **출판등록** 2000년 5월 23일 제13-1071호
주소 서울특별시 마포구 양화로 19 합정오피스빌딩 17층
전화 02) 2179-5600 **홈페이지** www.wisdomhouse.co.kr

ⓒ 우지현, 2021

ISBN 979-11-91583-98-4 03810